못 배운 세계

안전가옥
오리지널
6

류연웅
연작
소설

못 배운 세계

차례

곰교육 (Opening)

"진짜 수업해요?"

수업 시간. 누군가 강 선생에게 물었다. 전교 1등 김민주였다. 강 선생은 원래 시험범위 이후의 진도를 나갈 계획이었으나, 어느새 내일이 기말고사였다.

"문제 짚어 주련? 아님 자습?"

그래서 의견을 물었다. 언제나 그러듯, 학생들은 눈치만 봤다. 강 선생은 방금 전 손을 든 김민주를 불렀다.

"너는 어떻게 했으면 좋겠느냐?"

"네? 저요? 저는 축구 봤으면 좋겠는데요."

그 한마디를 시작으로 교실이 시끄러워졌다. 방금 전까지만 해도 입을 다물고 있던 녀석들이 한마디씩 거들었다.

"오늘 월드컵 결승이잖아요."

"우리나라가 최초로 결승에 진출했다고요."

"102쪽 펴."

"와."

학생들은 경악했다. 월드컵 기간에 수업 안 하고 경기 보는 건 공중도덕인데, 감히 강 선생이 그걸 무시하려 했다. 심지어 오늘은 결승이다. 역사에 기록될 순간이란 말이다. 김민주는 물러서지 않고 항의했다. 결국 강 선생은 폭발했다.

"수업 듣고 싶어 하는 애들한테 피해 주지 말고 다물어."

"수업 듣고 싶은 사람?"

아무도 손을 들지 않았다. 김민주는 싱글벙글 웃으며 "대~한민국!"을 외쳤고, 학생들은 **짝짝짝**—**짝짝** 손뼉을 쳤다. 강 선생은 참담했다. 공교육이 이렇게 무너지다니. 그깟 공놀이에… 그런데 그 순간, 누군가 조심스레 손을 들었다.

"저는… 수업을 원합니다."

전교 2등 콩진호였다.

"아직 시험 문제… 안 짚어 주셨잖아요."

학생들의 얼굴에 당황한 기색이 역력했다. 모두가 수업을 듣지 않으면 모두가 수업을 들은 것과 다름없는 법인데, 왜 어려운 길을 가려 그래. 하지만 콩진호는 매수된 심판처럼 굳건했다.

"내일이 시험이잖아."

"그건 내일이잖아. 오늘은 월드컵이라고."

김민주는 어떻게든 설득해 보려 안달이었다. 강 선생은 피식 웃었다.

"정상 수업이다."

"매국노야."

"뭐?"

"나는 학생이기 전에 한국인이야."

아주 그냥 고3인 데다가 전교 1등이라고 눈에 뵈는 게 없는 모양이었다. 하지만 모두가 눈에 뵈는 게 없으면 모두가 눈에 뵈는 게 있는 법이다. 모두가 "오 필승 코리아."를 합창하며 김민주를 따라나섰고, 어느새 교실에 남은 건 강 선생과 콩진호뿐이었다. 그 어색함 사이로 옆 반의 TV 소리가 넘어왔다.

"대! 한민! 국"

쉽지 않았다. 전교에서 수업 중인 교실은 그곳뿐이었으니까. 하지만 어떤 상황에서도 수업은 계속돼야 한다. 그러는 한편, 대강당에선 손에 목장갑 낀 교장이 태극기를 흔드는 중이다. 그 앞에서 꽹과리 두들기며 방방 뛰는 쟤,

예비 백수.

그 뒤에서 빨간 티 세 장을 만 원에 팔고 있는 쟤,

예비 재수생.

만약 월드컵 우승해서 선수들 퍼레이드하고, CF 찍는다

해도, 지들한텐 10원도 안 떨어질 텐데. 진짜로 10원도 안 떨어질 텐데… 그게 강 선생의 생각이었다. 공부만이 살 길이다. 그게 대한민국의 공중도덕이다. 그렇기에 강 선생은 교실에 남아 있는 콩진호에게 대놓고 시험 문제를 짚어 줬다. 그런데,

"끄에에에에엑!"

갑자기 학교 흔들릴 정도의 함성이 터지더니 진짜로 학교가 흔들렸다. 동시에 학생들이 태극기를 휘날리며 교실로 돌아왔다.

"대한민국!"

책상, 의자 발로 차고 난리 치면서

"크아아아! 우승!"

맨날 죽은 듯이 잠만 자던 학생들도 그 순간에는 미친 듯이 소리를 질렀다. 열심히 살아야겠다는 의지를 불태웠다. 12년간의 공교육이 해내지 못한 걸,

120분간의 공 교육이 해낸 것이다. 강 선생은 결코 인정할 수 없었다. 그 행복의 광경. 화합의 광경. 그렇기에 수업은 계속됐다. 치사량 이상의 애국심을 느낀 인간들이 방해해도, 교과서 찢고, 볼펜 던지고 난리 쳐도, 콩진호의 메모는 계속됐다. 자, 다음 월드컵 때는 누가 웃는지 두고 보자고.

그리고 4년 뒤.

1
부

기가 막힌 이야기

    그로 말할 것 같으면 대치동의 전설. 올해로 과외 2년차. 열한 명이나 서울대에 보낸 콩진호 선생이다. 몸값은 매년 상승해서 어느덧 일당 20만 원. 오늘도 수업을 위해 콩진호는 단독주택 앞에 서 있다. 새 집, 새 동네. 대치동과 비교도 안 되는 부자 동네 심심시티. 초인종을 누르자, 사모님이 반갑게 맞아 주신다.

    "어서 와요. teacher."

    44세 배마미다. 콩진호는 그녀를 따라 으리으리한 저택 안으로 들어간다. 사모님은 편하게 기다리라 했지만, 그럴 수 없다. 콩진호는 게임 소리가 들려오는 작은 방문을 연다. 15세 배린이가 컴퓨터 중이다. 허허. 이런 애들은 초장부터 기선 제압을 해야 한다.

"선생님이 오셨는데 컴퓨터 안 끄고 뭐 하죠?"

"헤헤헤, 홀리쒯. 꿀잼맨."

"야!"

"엉?"

배린이는 그제야 헤드셋을 벗는다.

"뭐야."

"학생이 '뭐야'가 뭐야."

"내가 왜 니 학생이야."

"허허, 이 새끼 봐라."

"니 학생은 저분이야, 맨."

콩진호는 그 말을 이해하지 못했다. 다른 의미가 숨어 있
는 줄 알았다. 하지만 말 그대로였다. 콩진호가 '왜 서울대 가
고 싶냐'라고 물어야 하는 건 15세 배린이가 아닌 44세 배마
미였다.

잠시 후.

"왜… 서울대에… 가고 싶으신… 지…"

"나는 가면 안 돼요?"

"네?"

"나이 먹은 사람은 money나 벌라는 건가요?"

"아니요, 진짜… 진짜 그게 아니라… 사모님 부족한 것도

없어 보이시는데…"

배마미는 입을 다물었다. 상대의 기선을 제압하기 위한 의도적인 침묵이었다. 정적 속에서 콩진호는 안절부절못했다. 배마미는 상대방의 완벽한 항복을 확인하고 나서야 입을 열었다.

"…딸애 친구 엄마 때문에."
"…네?"

1년 전. 우리의 불효녀 배린이는 "엄마가 낙성대인 게 쪽팔려! 친구들 엄마는 다 서울대 졸업했어!"라고 말했다. 그 이야기는 재산이 몇십 억인 부자에게 큰 충격을 주었다. 직접 수만휘[1]에 들어가서 과외를 알아보게 만들었다. 덕분에 콩진호가 지금 이 자리에 있다.

"진호랑 lesson 하면 one hundred percent 서울대 간다면서. 전화로 그랬잖아. 기억하죠?"

그리고 살얼음 같은 적막이 흘렀다. 올라프도 우울하게 만들 적막이었다.

"나이 많다고 어려워 마. I'm same. 어나더 학생처럼 대

---

1   수능 날 만점 시험지를 휘날리며. 네이버 입시 전문 카페.

해 줘요.”

“다른 학생들…처럼요?”

그러면 회초리로 때리고, 얼음물에 손 담그게 해야 하는
데… 아무튼 그건 두 번째 수업부터의 일이다. 첫 수업에서는
학생 수준을 파악한다. 그리고 진단한다. 콩진호는 절대로 헛
된 희망을 주지 않는다. 싹수가 없는 학생은 초장에 손절한다.
하지만…

“앞으로 잘 부탁드려. have a nice project.”

분위기에 압도되어 콩진호는 좋다고 말해 버렸다. 물론
그 수락이 100% 공포심 때문은 아니었다. 자신의 수강생이
부잣집 사모님이란 사실이 콩진호를 흥분하게 만들었다.

나 이런 사람이야!!!

하지만 그런 자부심은 두 번째 수업에서 깨부숴졌다. 물
론 배마미는 잘 따라왔다. 열정이 넘쳤다. 그래서 자꾸만 질
문을 던졌고, 그게 문제였다. ‘신라시대 건축양식’은 이과였던
진호로서는 기억하기 어려운 것이었다. 콩진호는 배마미에게
“잠시만요”라고 말했다. 그러나 배마미는 그럴 필요 없다면서

“기가 지니.”

를 불렀다. 그러자 어디선가 비인간적인 목소리가 흘러나
왔다.

네?

"신라시대 건축양식 요약해 줘."

'기가 지니'에게는 잠시조차 필요하지 않았다. 이윽고 질문에 대한 답이 술술 흘러나왔다. 그 목소리를 들으면서 콩진호는 엄청난 좌절감과 굴욕감을 느꼈다. 동시에 연초에 봤던 광고를 떠올랐다. 아이에게

'기가 지니'를 선물하세요. 지난 60년간의 교과서, 수능 문제를 통째로 외워 버린 '기가 지니'는 최고의 선생님입니다. 당시 콩진호는 그 광고를 보면서 코웃음을 쳤다. 교육이 무슨 햄버거 뒤집기도 아니고. 기계 따위가 뭘 하겠어.

하지만 소비자들은 냉정했다. 수만휘의 '과외 선생님 모집' 글은 확연하게 줄어들었다. 작년만 해도 주말에 세 탕을 뛰던 콩진호는 실업자가 됐다. 자극적인 홍보 문구[2]를 적어 봐도 마찬가지였다. 물론

기계 때문에 사라진 일자리는 많다. 버거킹 알바, 택시 기

---

2   "저와 함께하면 무조건 서울대 갑니다."

사, 공장 노동자. 하지만 자신은 그들과 다르다. 잘 배운 놈이
란 말이다. 강 선생님. 명문대만 가면 먹고살 걱정 없다면서요.
다행히 입시철이 다가오니 일이 생겼다. 무려 부잣집 사모님이
었다. 그런데

이곳마저 '기가 지니'가 접수했다니.

약속된 수업은 네 시간이었다. 하지만 질 수 없다는 생각
에 콩진호는 밤새 수업했다. 마침내 배마미와 문제집 한 권을
끝내고 난 뒤에야 첫차를 타고 학교에 갔다. 강의실에 도착하
자마자 뻗었다. 잠시 후. 송하나와 친구들이 주변을 둘러쌌다.
"허허… 수업 시작도 전에 조는 기가."
"〈스카이캐슬〉 찍느라 바쁘시잖아."
"…zZ"
"일어나!"
"악!"

콩진호는 정신을 차렸다.

"심심시티 가서 과외는 잘 하고 온 기가?"
"뭐야. 어떻게 알았어."

왜냐하면 어제 콩진호가 본인의 인스타그램에 배마미 집 사진을 올렸으니까.

[이런 데 사는 애도 나한테 수업받고 싶어 하네… 잘나가는 콩 선생!^^]

어딘가 낯부끄러운 코멘트[3]와 함께 말이다.

"이번 학생은 누구더냐. 잘나가는 콩 선생."

"누군 줄 알아?"

콩진호는 설명 대신 가방을 열었다. 그리고 배마미가 선물로 준 프라다 열쇠고리를 꺼냈다. 친구들은 어처구니없어 했다. 이 새끼 도어락 쓰면서 뭔 열쇠고리야. 그러나 고작 그런 개연성 따위가 콩진호의 자랑을 막을 수는 없었다.

"이제 교수님보다 내가 더 잘 벌듯?"

"교수님이 너보다 훨씬 공부 잘함."

"나는 공부보다 돈이 좋은데?"

"이 새끼 주낭괴인 줄 알았는데 자주낭괴였네."

다행히 그쯤에서 교수님이 들어오셔서 콩진호와 송하나의 말싸움은 중단됐다. 그 대신 수업이 시작됐다.

---

3   지난 4년 동안 콩진호는 본인의 인스타그램에 '과외생이 자신에게 보내는 찬양 코멘트' 업로드하는 걸 인생의 낙으로 삼았다.

〈인간과 사회〉. ××학번부터 필수교양이 된 창의적 커뮤니케이션 수업. 아마 학교 측에서는 학우들 간의 따뜻한 소통이 오가는 수업을 꿈꾼 듯했으나,

현실은 하나도 안 궁금한 TMI 시간일 뿐이었다. 더구나 서로를 원수처럼 여기는 두 사람이 같은 조가 된 경우라면 더욱 그러하다. 콩진호와 송하나는 두 시간 동안 억지로 서로의 관심사를 물었다. 그걸 견디고 나니 '파트너의 10년 뒤 미래'를 상상하여 리포트로 써오라는 끔찍한 과제를 받았다.

"취업 준비도 바빠 죽겠는데 이게 뭐 하는 기고."

송하나는 스터디룸으로 가는 내내 투덜거렸다. 마치 이 모든 귀찮음의 원인이 콩진호에게 있다는 듯이 빈정댔다. 콩진호는 대응하지 않았다. 안 그래도 '기가 지니' 때문에 머리 복잡한데 말싸움하고 싶지 않았다. 하지만 스터디룸에서 송하나가 적어 낸 '10년 뒤 콩진호'를 보고는 버럭 소리를 질렀다.

"내, 내가 10년 뒤에도 과외나 하면서 산다고?!"

"그러면 니는. 니가 뭔데 나를 국회의원 출마한다카는데."

"그러려고 A+에 집착하는 거 아니야?

송하나가 깔깔 웃었다.

"콩진호 씨. 그냥 각자 자기 꺼 쓰십시다."

그러고는 정색을 했다. 콩진호는 속상했다. 내 인생 비웃을 땐 언제고… 이렇듯 자존감이 높은 사람은 한국에서 살기 힘들다. 인스타그램에 표출 좀 했더니 다들 질투다.

"그게 니 자존감이가? 시험 점수로 애들 후려치는 게?"

"뭐야, 마음속으로 말했는데."

"딱 보면 안다."

"너가… 뭘 모르나 본데… 나는 애들만 가르치는 게 아니야."

콩진호는 일부러 의미심장한 데서 말을 멈췄다. 하지만 송하나는 안 궁금했다. 그저 한심했다. 성적은 C, D 받으면서 수업 하러 간단다. 그러거나 말거나. 콩진호는 과제가 끝나자마자 심심시티로 갔다.

그런데 이미 수업이 진행 중이었다.

활성 없는 나는 아르—곤.

'기가 지니'가 노래를 부르고, 배마미가 박자에 맞춰서 고개를 흔들고 있었다. 콩진호는 입을 벌리고 그 하모니를 지켜봤다. 마침내 노래가 끝난 순간, '기가 지니'가 물었다.

제가 만든 다른 노래도 들어 보실래요?

저건 분명 콩진호가 고등학생일 때도 존재하던 '원소기호 쏭'이다. 그런데 자기가 만들었다고 거짓말하다니. 기가 막히는 '기가 지니'. 콩진호는 곧장 방으로 뛰어들어 진실을 고했다.

"사모님, 저건 제가 만든 게 아니라…"
"아, teacher. 깜짝이야."

잘나가는 콩 선생의 세 번째 수업 시간. 가르쳐준 적 없는데도, 배마미는 원소기호를 다 외운 상태였다. 그 선행학습이 못마땅했다.

이건 단순히 나와 '기가 지니'의 대결이 아니다.

인간과 인공 지능의 대결이다. 콩진호는 학문계의 이세돌이 되리라고 마음먹었다. 전국 수만 과외 선생을 위해서라도

'기가 지니'에게 무릎을 꿇을 수 없다. 질 수 없다. 하지만 체력전이 되니, 콩진호는 속수무책으로 당했다. 졸음이 몰려왔다.

배마미 님. 지금 컨디션 괜찮으세요?

그 와중에 '기가 지니'는 속을 긁었다. 콩진호는 얼음물에 손을 담그며 수업을 했지만, 사실은 반쯤 졸고 있었다. 하지만 배마미가 '기가'라고 하는 순간만큼은 정신이 또렷해졌다.

"기가 지니… 부르지 마세요."
"왜 그래. teacher. 머리 아파?"
"제발 기가 지니 부르지 마세요! 선생님은 저예요!"
"아니, 그게 아니라 귀가 안 하냐고."

하지만 콩진호는 배마미의 말을 듣고 있지 않았다. 여기서 잘리면… 나는 일당 20만 원짜리 선생이 아닌 학사 경고 두 번 받은 대학생일 뿐이다. 고용안전성을 보장받기 위해 '기가 지니'를 버려 달라고 부탁하려는 찰나,

"어머니, 라면 좀 끓이시죠?"

공부방 문이 열리고 배린이가 들어왔다. 무엇이었을까. 그 순간 콩진호를 부엌으로 달려가게 만든 감정은. 라이벌인 '기가 지니'보다 한 발이라도 더 앞서가겠다는 마음이었을까, 자취 경력 4년차로 터득한 라면 끓이기 실력에 대한 자부심이었을까. 아무튼 간에 라면은 감동적인 맛이었고,

"와, 님아. 님 여기 사실?"

배린이의 입에서 감탄이 나오게 만들었다. 배마미가 끓여 주는 치커리 라면과는 차원이 달랐으니까. 그 칭찬은 콩진호에게 영감을 주었다. 곧장 공부방 문을 열고, 본디 과외는 일주일 두 번으로는 부족하다고, 자신이 여기 상주하면서 코칭을 해 주겠다고 제안하게 만들었다.

"하지만 teacher, 학교도 임폴탄트하잖아."

"학교요? 안 나가도 돼요."

가 봤자… 재미없는 녀석들… 겨우 대외활동, 취직, 월급만 꿈꾸는 놈들이 널려 있는데… '기가 지니'에게 패배해서 다시 그곳으로 돌아가야 한다면 나는… 나는 버틸 수 없어. 행복한 것보다 중요한 건 이기는 거야. 아니, 이기면 행복한 거야. 그렇게 콩진호는 자발적으로

'GIGA GINO'가 되었다.

한 달 뒤.

그 진화의 피해는 고스란히 송하나에게로 전도됐다. 벌써 네 번이나 콩진호가 〈인간과 사회〉 수업에 안 나오고 있다. 항간에는 '공부 싫어하는 애 억지로 시키다가 살해당한 거 아니냐'라는 소문이 돌았다. 하지만 오늘, 드디어 콩진호의 인스타그램에 새로운 포스트가 올라왔다.

[young&rich]

첨부된 사진은 명품이 가득한 옷장이었다. 배마미는 콩진호의 방을 따로 마련해 주었다. 수업이 없는 주말마다 콩진호는 배린이와 함께 쇼핑을 나갔다. 압구정 현대백화점에서 가져온 내복들로 옷장을 채워 넣으면서 콩진호는 생각했다. 친구들을 다 이겼다. 걔네는 사실 이거 가지려고 공부하는 거잖아? 근데 나는 이미 다 갖고 있어. 그렇기에 방금 전 콩진호가 올린 인스타그램은 당연히 친구들을 의식한 행보였다. 그 모든 속내를 모르는 학우들은 어처구니가 없었고, 송하나가 대표로 전화를 걸었다. 받지 않을 걸 알면서도 번호를 눌렀다. 그런데… 받았다?!

"웬일이셩?"

"그딴 말이 나오나? 내가 전화를 몇십 통을 했는데!"

"아, 쏴리. 너무 바빴어. 10월 모의고사 때문에."

"뭐?"

그리고 콩진호는 폭풍 수다를 떨었다. 자기가 가르치는 게 부잣집 사모님이란 사실을 신나서 떠벌렸다. 송하나는 묵묵하게 그 이야기를 들어 줬고, 마침내 진호가 말을 멈추고 나서야 물었다.

"그래서 학교는 언제 나올 건데."

"나? 내가 학교를 왜 나가."

"니가 학교 관두든 말든 관심 없는데, 피해는 주지 말아야지. 조별과제 제출해, 인마."

"아… 그거 때문에 전화한 거였냐?"

콩진호의 목소리 톤이 미세하게 낮아졌지만 송하나는 신경 쓰지 않았다. 당장 학교로 오라고 화냈다. 결국 콩진호도 소리를 질렀다. 나 바빠! 네가 와! 심심시티 3층 주택 빨간 지붕!

그런데 그날 저녁, 송하나가 배마미네 집 대문 앞에 도착해서 전화를 걸었다. 콩진호는 당황했다. 진짜 올 줄은 몰랐던 것이다. 그래서 수업 끝나면 갈 테니 응접실에서 기다리라고 말했다. 송하나는 저택 안으로 들어갔다.

그런데 응접실에 이미 누군가 있었다. 배린이와 친구들이었다. 애들은 다과를 먹으면서 반 애들 부모에 대해 얘기했다. 누구네 엄마가 얼마를 벌었더라. 누구네 아빠가 이사했더라. 그걸 들으면서 송하나는 공교육이 어디로 가고 있는지 참담했다. 그 순간, 배린이가 무전기를 들고 소리쳤다.

"기가 진호! 코코아 더 가져와!"
"네, 배린이 님!"

이윽고 앞치마를 맨 친구가 뛰어 들어왔다. 충격적인 비주얼이었다. 그러거나 말거나. 콩진호는 눈 마주칠 새도 없이 잔을 들고 나갔다. 배린이와 친구들은 다시 수다를 떨었다.

"이야, 너희 집 '기가 지니' 되게 좋다."
"하핫, 부럽지? '기가 진호'야."
"쳇, 나도 엄마한테 대학생 사 달라고 할 거야!"

좋다고 하는 애들이나, 그걸 또 맞춰 주는 콩진호나. 송하나는 어처구니가 없었다. …아니지. 직업에 귀천이 어디 있어. 적어도 송하나는 콩진호를 욕하고 싶은 마음은 없었다. 다만 친구를 배려하여 밖에 나가 있을 생각이었다. 하지만 그 순간 방문이 열렸다. 커피잔을 든 콩진호와 송하나의 눈이 마주쳤다. 그런데 송하나의 예상과 달리 콩진호는 창피해하지 않았다. 오히려 당당하게 배린이와 친구들을 소개했다.

방을 나와서도 마찬가지였다. 마치 자기 집을 소개하듯 배마미네 집을 자랑했다. 자기 방도 있다며 그곳으로 가서 조별과제를 하자고 제안했다. 하지만 송하나가 이곳에 온 진짜 이유는 조별과제 때문이 아니다. 교수님과 학우들 모두 콩진호가 돌아오길 바라서다.

"뻥 치네! 너 조별과제 점수 때문에 온 거면서!"
"음… 굳이 내가 그럴 필요는 없어."
"푸훗. 너 하나라도 A+ 못 맞았다간 장학금 못 받지?"
"나 이번 학기 졸업이야."
"…어?"

송하나는 앞치마를 두른 친구를 한참이나 바라봤다. 그리고 말없이 집을 나왔다. 콩진호는 비웃었다. 송하나가 자신을 질투한다고 생각했다. 얼마나 성공한 인생인가. 새로운 공부 할 필요 없다. 알고 있는 것들로만 100평짜리 집에서 배불리 지낼 수 있다. 하지만 이런 흐뭇함은 배마미의 방 앞에 서

자마자 사라졌다. 문 뒤에서 설민석의 목소리가 흘러나오고 있었다. 방문을 여니 역시나, 배마미는 그새를 못 참고 '기가 지니'와 공부 중이다. 콩진호는 곧장 달려가서 '기가 지니'의 입을 틀어막았다. 물론 정확히 표현하자면 스피커에서 소리 나오는 부분을 막았다.

"You crazy? 뭘…"

"저도 할 수 있어요. 이거 200번도 넘게 들어서 다 외웠어요. 다음 대사 말해 드려요?"

배마미가 허탈하게 웃었다.

"진호 쌤. 괜찮아. human은 입 아프잖아."

"입 아파야죠. 일해야죠. 그러라고 돈 주시는 거잖아요."

콩진호는 사랑받고 싶은 아이처럼 부들거렸다.

"분명 제가 선생님이잖아요. 저도 열심히 할 수 있다고요. 근데 왜 자꾸 '기가 지니'하고만 공부하시는 거예요."

잘 모르겠네요.

"넌 조용히 해!"

그리고 '기가 진호'와 '기가 지니'는 배마미의 답을 기다렸다. 배마미는 잠깐 고민하다가 입을 열었다.

"인간적인 확신이 필요해서."

"네?"

"진호 쌤이랑 함께 하면 one hundred percent 서울대 간다면서. you remember?"

"…right."

"그건 machine이 할 수 없는 거잖아요. 믿음을 주는 거요. 그러니까 진호 teacher is my… dreamcatcher랄까?"

드림캐쳐. 드림캐쳐.

진호는 그 단어를 되뇌었다. 이내 맛있는 사탕을 입에 넣은 것처럼 기분이 좋아졌다. 그러니까… 아무튼 나는 도움이 되는 존재라는 거지? 어느새 콩진호는 울면서 웃고 있었다.

"당연하죠, 저랑 함께하면 100%…"

서울대 합격!

그리고 꿈이 이루어졌다. 배마미는 수능 올 1등급을 받았다.

토템 진호 덕분인지, '기가 지니' 덕분인지, 몇 달간 물러날 새 없이 공부만 한 덕분인지 모르겠지만, 아무튼 배마미는 인생의 3막이 시작된다는 생각에 들떴다. 그동안의 부자 인생은 처음 3개월을 제외하고는 지나치게 심심했다. 돈을 갖고 있는 것만으로 돈이 벌렸다. 그 안락함을 느끼고 난 뒤에야 든 생각이, 부자란

도달하는 게 아닌, 머무는 곳일 뿐이다. 이 집에서 잘도 4년 동안 심심하게 살았다. 그러니 이제는 이사할 때가 됐다. 그렇게 마음먹은 배마미가 짐을 싸기 시작했다. 서울대학교 기숙사에 챙겨 갈 것들을 담았다. 그 중에 '기가 지니'는 포함되지 않았다.

"왜겠어. 나한텐 진호 teacher가 있잖아."

콩진호는 옆에서 흐뭇하게 웃었다. 혹시나 서울대 합격 하고 자신을 버리면 어쩌나 걱정했는데, 배마미는 꽤나 의리파다. 아니지. 자신이 능력 있는 것이다. 대학교를 잘 다니는 방법. A+을 받는 방법. 수석 장학생이 되는 방법. 그런 건 '기가 지니'는 모르잖아. 그런데

나는 아나…?

그때, 무전기가 울렸다. 콩진호는 도망치듯 응접실로 갔다. 오늘도 배린이와 친구들이 있었다. 그런데 배린이 빼고는 다들 보증 섰다가 전 재산 날린 표정이었다. 원인은 '배마미의 서울대 합격'이었다. 배린이는 정시로 서울대학교에 입학한 어머니가 자랑스러웠다. 그래서

군이 서울대학교에 찾아가서 친구들 부모의 학번을 검색했다. 수시로 입학한 사람이 있으면 잔뜩 깔봐 주려는 목적이었다. 그런데 세상에. 전부 다 등록되어 있지 않은 학번이었다.

"사실 이 새끼들 부모들 죄다 서울대 아니었대. 쌍!"

배린이가 씩씩대면서 말했다. 진실을 들킨 친구들은 울상이 됐다. 부모에 대한 원망이 표정에 드러났다. 잠시 후 그들은 '진짜 서울대' 엄마를 둔 배린이에게 애원하고 있었다.

"1년만 빌려주라, 제발."
"한번 씨불여 봐."
"내 메이플 아이디 줄게."
"나는… 나는… 원하는 애 대신 때려 줄게!"

'기가 진호'를 얻기 위한 공약들이 넘쳐났다. 이제 웬만한

집에는 다 있는 '기가 지니'와는 비교가 되지 않는 인기였다. 근데 왜… 기쁘지 않지? 콩진호는 타깃을 놓친 저격수처럼 멍해졌고,

"기가 진호."

"…"

"기가 진호!"

"앗. 네?"

넌 이제 얘네 거야. 마침내 배린이가 양도를 결정하자 친구들은 환호성을 질렀다. 꺄히! 콩진호에게도 좋은 일이다. 월급은 네 배로 오른다. 별다른 절차 없이 학교 가서 '학적증명서'만 떼 오면 채용 완료다.

"진호 teacher. 잘됐네."

어느새 옆으로 온 배마미가 축하를 건넸다. 그 목소리가 너무 쿨해서 진호는 살짝 서운했다. 벌써 정이 든 모양이다. 아무렴 어떤가. 만남이 있으면 헤어짐도 있는 법이지. 나는 이제 대치동에 이은 심심시티의 전설. 그래도 약간의 멜랑콜리는 지워지지 않았다. 하지만 방으로 들어가서 '기가 지니'를 보는 순간 금세 또 흐뭇해졌다. 자신에게 패배한 증거를 보자마자, 조금 전의 울적하던 마음은 싹 다 사라졌다. 기계냐 사람이냐는 중요하지 않다. 중요한 건 자신이 이겼단 걸 확인하는

것이다.

"야, 기가 지니."

네?

"풉. 너 이제 쓸모없다는데 어쩌냐."

세상에 쓸모없는 건 없어요.

…딱 프로그래밍 된 기계가 할 소리네. 콩진호는 '기가 지니'를 가방에 넣어 버렸다. 앞으로도 차근차근 괴롭혀 주겠다는 마음과 함께 밖으로 나왔다. 거의 반년 만에 쬐는 태양 빛에 어지럼증을 느끼며 배마미의 외제차에 올랐다.

학교는 변하지 않은 듯, 변해 있었다. 모두가 각자의 갈 길을 갔다. 외제차를 타는 배마미가 가야 할 곳은 정문 앞, 외제차에서 내린 콩진호가 가야 할 곳은 과사무실이었다. 그리고 그곳에 송하나가 있었다.

"이제 어떡할 긴데."

송하나가 콩진호의 휴학 신청서를 읽으며 물었다.

"여행이라도 가게?"

"아니. 과외 땜에 바빠서… 네 탕은 뛰어야 해서 학교 쉬는 거야."

"그래서, 재밌나?"

"물론이지."

굳이 거짓말 탐지기 없이도 그게 진심이 아니란 걸 알 수 있었다. 그래서 송하나는 비웃었다. 의도적인 행동이었다.

"니는 니가 개네를 도와준다 생각하지. 근데 딱 보면 도움 받는 건 오히려 너 아니가."

"…"

"아님 말거."

"넌 언제나 날 잘 안다는 듯이 말한단 말이야."

"아니. 옛날의 너를 기억하는 거지."

새내기 환영식 때 진호. 수석졸업 할 거라던 진호. 하지만 첫 학기 성적이 나오면서부터 포부는 꺾었다. 콩진호의 집착 은 송하나의 생존력을 이길 수 없었다. 왜냐면 송하나는 애매 하게 가난해서 전액 장학금 없이는 학교에 다닐 수 없었으니 까. 다음 학기도 수석은 송하나 차지였다. 2번 연속 2등에 번 아웃된 콩진호는 의욕을 잃었고, 그때부터 과외를 시작했다.

그로부터 3년이 지난 지금, 송하나는 학부생 조교가 됐고, 콩진호는 여전히 학생이다. F학점이 많아서 9차 학기를 다녀 야 하는 처지다. 하지만 둘은 같은 공간 안에 나란히 서 있다.

"애초에 난 이런 삶을 원했어. 이게 내가 바라던 바야. 평

생 과외만 해도 먹고살 수 있고, 굳이 힘들게 학교에 다녀 가
며 새로운 걸 배울 필요 없잖아?"

"그럼 왜 내가 적은 '10년 뒤, 네 모습'에 그렇게 화낸 긴
데."

그 질문에 콩진호는 아무 대답도 하지 못했다.

"언제까지고 스스로를 속이며 살 수는 없어."

"나는… 내가 제일 잘 알아."

어느새 콩진호는 울먹이고 있었다.

"계속해서 내 앞을 걸어갈 거라 생각하지 마. 승부는 이제
부터야."

쾅.

송하나는 힘차게 닫힌 문을 한참이나 바라봤다. 옛날 생
각이 나지만, 추억에 잠겨 있을 시간이 없었다. 잠시 후, 입학
식이 시작이었으니까. 기대감에 부푼 새내기들이 학교로 오
고 있었다.

그중에는 당연히 배마미도 있다. '샤' 구조물 앞을 지나면
서, 배마미는 자신이 자랑스러웠다. 그런데 갑자기 누군가 소
리를 질렀다. 새내기들을 인솔하러 나온 학부조교 송하나였
다. 그가 어딘가를 가리켰다. 대낮에 불꽃놀이가 한창이었다.

그런데 불꽃이 점점 가까워지더니,

'샤' 구조물을 부숴 버렸다. 사람들이 비명을 질렀다. 하지만 놀라고 있을 새가 없었다. 곧바로 다음 불꽃이 날아왔다. 정신을 차렸을 때는 이미 서울대학교 건물들이 다 부서진 뒤였다.

펑.

도대체 무슨 영문이지. 영문학과 학생들도 알 수 없었다. 그런데 자세히 보니, 하늘에 뭔가 있었다. 웬 불한당 무리가 등에 괴상한 물체를 맨 채로 하늘을 날고 있었다. 서울대학교를 부숴 대는 건 그들이었다. 배마미가 삿대질을 하면서 소리쳤다.

"이, 이게 뭐당겨! 느그들 뭣들 하는 겨, 시벌!"

얼마나 급박스러웠는지 전라도 사투리가 튀어나왔다. 하늘에 있는 사람들은 피식 웃으면서 배마미에게로 불꽃을 발사했다. 맞아 보니 그것은 불꽃이 아니었다. 팝콘이었다.

팝콘 전쟁

학생들이 자꾸만 화장실 창문 밖으로 침을 뱉자 생활부장은 모든 창문틀에 본드를 칠해 버렸다. 그러자 이 주 사이에 악취를 견디지 못한 두 명의 청소부 아주머니가 사표를 냈다. 생활부장은 쉬는 시간마다 죽도를 들고 화장실에 침을 뱉는 학생들을 찾아다녔다. 이제는 화장실에서 수다만 떨어도 욕을 먹었다. 교직원용 화장실을 이용하던 학생들이 발각돼 죽도로 죽도록 맞았다. 그렇게 점차 바닥이 깨끗해지는 듯했다.

그러던 어느 날, 생활부장은 화장실 천장에 들러붙은 젖은 휴지를 목격했다. 이런 망할 자식들! 바로 옆에 있던 3학년 1반의 앞문을 발로 차 버렸다. 하지만 쉬는 시간이었다. 운동장에서는 80명이 틈새축구를 하고 있었다. 생활부장은 평소답지 않게 흥분 상태로 계단을 내려갔다. 그가 등장하자마자 돌멩이를 피하는 비둘기 떼처럼 실내화를 신은 학생들이 양쪽으로 갈라졌다. 그 순간 그는 3학년 1반에 범인이 있을 거라고 확신했다. 20년차 영어교사의 육감이었다.

종이 치자마자 3학년 1반 교실을 찾았다. 수업 종이 쳤는데도 복도에는 많은 학생이 있었다. 소리를 지르며 죽도를 휘두르자 모두가 반으로 들어갔다. 그가 교실 문을 열었다. 그때였다. 그의 얼굴로 무언가 날아들었다. 끊임없이 날아오는 작은 물체 때문에 그는 눈을 뜰 수가 없었다. 그가 눈을 뜨자마자, 누군가 소리쳤다.

"얼른 장전해!"

교실 뒤에서 학생들이 팝콘 기계를 조작하고 있었다. 기계의 입구는 호스와 연결되어 있었다. 생활부장은 기가 막혔지만, 기막혀하고 있을 새가 없었다. 다시 팝콘이 날아들었기 때문이다. 생활부장은 교실을 빠져 나왔다. 학생들은 기계를 들고 추격했다. 그는 방향을 틀어 생활실로 뛰었다. 학생들은 여전히 실실거리며 쫓아오고 있었다. 문을 열고 죽도를 들었다. 동시에 팝콘기계의 출처가 어디일지 생각했다. 교장실일 것이다. 하지만 생활실에서 나온 그가 교장실 문을 열었을 때 팝콘 기계는 TV를 보고 있는 교장 옆에 멀쩡히 남아 있었다. 다시 복도로 나왔을 때는 세상이 모든 고요를 집어삼킨 듯했다. 학생들이 사라졌다. 그는 또 어디에서 팝콘이 날아올지 긴장하며 학교를 수색하기 시작했다.

1

정원이가 머리카락을 자르고 왔다. 마지막 잎새가 떨어진 기분이다. 자르니까 홀가분하다고 한다. 나를 놀리는 것이 틀림없다. 어쨌거나 우리는 가게에 들어갔다. 원래는 무조건 싼 것을 사려 했다. 팝콘 기계가 거기서 거기지. 하지만 주인이 반대했다.

"최상급이랑 얼마 차이 안 나는데 이왕이면 좋은 거 사."

회비를 넉넉하게 걷어 다행이다. 40만 원을 계산하고 주소를 적었다. 남은 돈 3만 원 중 2만 원으로 팝콘용 옥수수를 샀다. 영수증을 사진 찍어 반톡에 올렸다. 해방의 웃음으로 채팅방이 도배되었다.

"내일 바로 오겠지?"

롯데리아에서 정원이가 물었다. 나는 고개를 끄덕였다. 그리고 우리는 아무 말 없이 햄버거를 먹었다. 정원이가 떨고 있다고 생각했다. 사실은 나도 떨고 있었다. 학교에선 선도부장으로 불리는 나도, 이럴 때면 별수 없는 청소년이었다.

모든 일은 팝콘 때문에 벌어졌다.

언제부턴가 학교에서 맛있는 냄새가 났다. 급식은 여전히 엉망이었다. 교사용 식당을 의심했다. 하지만 그곳도 냄새의 근원지는 아니었다. 한 달 동안 빠짐없이 학교를 수색했지만, 향기의 출처를 찾을 수 없었다. 비밀은 기말고사가 끝난 직후 저절로 풀렸다. 교장실이었다. 교장이 점심시간마다 팝콘을 튀겨 몇몇 학생들에게 나눠 준 것이었다. 문제의 시작이었다. 만일 그 몇몇 학생들이 부루마블 속 주사위처럼 순수한 랜덤이었다면, 우리는 결코 팝콘 기계를 사지 않았을 것이다.

그러나 교장은 모두의 마블 속 주사위처럼 불공평했다. 그녀는 전교에서 시험성적이 우수한 학생 다섯 명에게만, 점심시간마다 팝콘을 주었다. 문제는 그 팝콘을 부러워하는 무리가 생기기 시작했다는 것이다. 선도부를 해 본 사람들은 알 것이다. 평소에는 그러지 않다가 어느 날 갑자기 결의에 찬 표정으로 등교하는 학생들을. 그런 친구들은 대개 수업 시간에는 펼치지도 않던 영어책을 쉬는 시간에 펼쳐 놓고 단어를 외운다. 물론 대부분 그리 오래가지 못한다. 하지만 팝콘의 힘은 막강했다. 아침마다 그런 얼굴들을 자주 볼 수 있었다. 어딘가 억울한 기분이었다. 그래서 우리는 결심했다. 팝콘 기부를. 계획은 간단했다. 돈을 모아 팝콘 기계를 산다. 학교에 가지고 와서 튀긴다. 굳이 교장에게 팝콘을 받을 필요가 없어진다. 첫 단계만 성공하면, 나머지는 떡 먹으면서 눕기였다. 지금은 모든 계산을 마친 후, 공금 횡령을 해 롯데리아에서 라이스버거를 먹는 중이다. 감자튀김을 씹으며 내일을 생각한다. 실실 웃음이 나왔다.

2

종도 안 쳤는데 문이 열린다. 그것부터가 불안하다. 오, 맘

소사. 역시 노란 파일을 든 생활부장이다. 두발 검사가 시작됐다. 바가지 머리의 정원이를 포함, 모두가 미용실에 다녀왔다. 물론 나를 제외하고서 말이다. 그가 내 앞에 멈춰 섰다. 심장이 뛰었지만 씨익 웃어 보였다.

"나와."

'나와 같다면 내 마음과 똑같다면' 하고 노래하고 싶었지만, 목숨을 건 농담이라 생각되어 그만두었다. 미용실이 닫혀 있었다는 평계를 댔으나 내가 생각해도 속아 주기 힘들었다. 그래서 구레나룻이 당겨지던 순간에 나는 팝콘 기계를 생각했다. 행복하게 팝콘을 먹는 우리의 모습. 덕분에 고통이 조금 줄어들었다. 내일까지 자르고 오겠다고 생활부장과 약속했다. 교실 문을 열자 애들이 경박하게 웃어 댔다. 진상을 부릴 뻔했으나 아침이라 참기로 했다.

1교시 쉬는 시간에 드디어 팝콘 기계가 왔다. 예상보다 빠른 도착에 당황스러웠으나 우리는 침착했다. 정원이와 나를 포함, 네 명의 대표가 정문 밖으로 나갔다. 두 명은 구령대에서 망을 보고, 나와 정원이가 물건을 받으러 갔다. 교문 앞에서 은밀하게 물건이 전달되었다. 망을 보던 애들이 신호를 보냈다. 서둘러 박스를 들고 교실로 뛰었다.

"5교시 쉬는 시간에 하자."

석현이가 말했다. 우리는 모두 고개를 끄덕였다. 미소가 절로 나올 정도로 알맞은 시간이었다. 솔솔 잠도 오고 어정

쩡하게 배고픈 시간. 그럴 때 먹는 팝콘이 진정한 쉼의 묘미가 아닐까. 그때 화장실 문이 열렸다. 휴지를 든 정원이었다.

"깜짝 놀랐잖아."

모두들 그렇게 욕을 했다. 정원이는 무시하고 칸 하나를 골라 들어갔다. 걸쇠 잠기는 소리가 들렸다. 우리는 손에 물을 받아 칸 위로 뿌려 댔다. 정원이가 하지 말라며 휴지를 돌돌 말아 던졌다. 하지만 거대한 포물선을 그리는 휴지는 위력이 없었다. 이따금씩 물을 맞고 천장에 들러붙을 뿐이었다. 물 내리는 소리가 들렸다. 우리는 도망갔다.

3교시 쉬는 시간에는 다 같이 축구를 했다. 단합의 의미였다. 생활부장이 튀어나오는 바람에 중단되었지만 모두들 기분은 좋았다. 맛없는 점심시간과 졸음의 5교시가 끝나고 서둘러 기계를 조립했다. 망을 보고 교실로 돌아오는데 기계 위에 못 보던 것이 올려져 있었다.

"이 파이프는 뭐임?"

"아, 그거 내가 가져왔어. 조준해서 먹으면 재밌을 것 같아서."

정원이가 투명한 파이프를 흔들며 대답했다.

3

스위치를 켜고 타이머를 8분으로 맞춘다. 오일과 소금을 두 스푼 씩 넣은 뒤 기계를 닫는다. 그리고 '조리' 버튼을 누르면 끝이다. 물론 걱정되는 것은 사실이었다. 팝콘이 튀겨지는 소리가 요란할 텐데 8분이나 기다려야 하기 때문이다. 어쨌거나 더는 지체해선 안 된다. '조리' 버튼에 손을 올렸다. 버튼을 눌렀다. 하지만 예상을 뛰어넘는 거대한 소리가 동반됐다. 옆 반 애들이 창문으로 몰려들기 시작했다.

"우와아아아!"

문을 잠그고 창문을 막아 놨음에도 환호성이 들렸다. 팝콘! 팝콘! 눈치 없는 놈들이 복도에서 합창했다. 이러다간 들킬지도 모른다. 복도의 환호성은 점점 커지고 있다. 창문을 가려 놓은 우드락을 부숴 버릴 기세였다. 그때 준우가 말했다.

"야, 근데 팝콘은 즉석에서 튀겨지는 거잖아. 그냥 지금 튀겨지는 것부터 먹자."

정원이가 우드락을 떼고 창문을 열었다. 복도의 적들이 좀비처럼 소리 질렀다. 어차피 우리가 팝콘 기계를 마련한 이유는 모두에게 팝콘을 나눠 주기 위해서다. 2차 팝콘 중 일부를 그들에게 선사하기로 했다. 정원이가 우드락을 부수며 위협했다.

"입 다물지 않는 놈은 안 준다."

"아무렴요, 형님."

모두 황홀하게 팝콘을 먹는 사이, 나는 두 번째 옥수수를 넣고 파이프를 연결했다. 신이 난 바깥 놈들이 갈매기처럼 소리 질렀다. 정원이가 창문을 닫았다. 시작은 비밀스러워야 한

다는 의도였다. 왼손에 든 파이프를 앞문으로 겨누어 봤다. 이
제 문이 열리면, 그들은 온몸으로 팝콘을 받아 낼 것이다. 내
가 생각해도 최고의 프로젝트였다. 이렇게 뿌듯한 경험은 초
등학교 5학년 때 8만 원이 든 지갑의 주인을 찾아 준 적 이후
로 처음이었다. '조리' 버튼을 딸깍 눌렀고, 카운트다운이 시작
됐다.

셋!
둘!
하나!

팝파라 팝파라 팝~
핍피리 팝피콘~ 헤이!

찰리 채플린 무성영화의 한 장면마냥 교실 문이 열렸다.
팝콘 튕기는 위력이 상상 이상으로 강해서 맞으면 조금 아플
것 같았다. 그런데 어떤 미친놈이 팝콘을 머리로 혼자 받아 내
고 있었다. 그를 제외한 아무도 교실로 들어오지 않았다. 그래
서 조금 실망이었다. 우리가 원하던 것은 화합이었는데, 어쩐
지 '생쇼'가 돼 버렸다. 제법 아플 텐데 그는 비키지 않고 꿋꿋
이 그 자리에 서 있었다. 나는 약이 올라 이리저리 공격했다.
하지만 그는 끄떡없었다. 서서히 팝콘 줄기만 약해질 뿐이었

다. 마침내 팝콘이 멈췄고, 그가 고개를 들었다.

세상에 이렇게 당황스러운 적은, 중학교 1학년 기말고사 때 여덟 문제 연속으로 내가 써낸 답이 같았을 때 이후로 처음이었다. 새로운 OMR 카드가 필요하지는 않았다. 대신 고도의 침착함이 요구됐다. 우리는 기가 막혔지만, 기가 막힐 새가 없었다. 아무도 말을 하지 않았다. 아니, 생각 자체를 할 수 없었다. 도대체 이게 무슨 일인가. 우리 안에 배신자가 있던 것일까. 그때 준우가 소리쳤다.

"얼른 장전해!"

옥수수를 넣고 지들 멋대로 버튼을 눌렀다. 오일과 소금을 한 스푼도 넣지 않아 팝콘은 돌멩이처럼 딱딱해질 것이다. 그렇다면 이것은 공격용 팝콘과 다를 바 없었다. 냄새에서 그것을 느꼈는지 생활부장이 도망쳤다. 아니, 도망친 건가? 생각할 새도 없이 우리는 다 같이 그의 뒤를 쫓고 있었다.

"와아아아아~"

《헨젤과 그레텔》의 한 장면처럼 우리가 지나가는 길마다 팝콘 조각들이 떨어졌다. 생활부장은 꼬리처럼 죽도를 휘두르며 도망쳤다. 마침내 그가 생활실로 숨었다. 석현이가 소리쳤다.

"이제 저놈에게 옥수수를 처먹여 주자!"

하지만 팝콘 기계가 갑자기 멈췄다. 옥수수가 바닥난 것이었다. 우리는 서둘러 후퇴했다. 교실에는 아무도 없었다. 잠잠

해지자 걱정이 몰려들었다. 생활부장에게 팝콘을 뿌리다니. 최소 교외봉사 감이다. 배신자론이 부표처럼 떠올랐다. 하지만 우리 반에는 성적이 전교 5등 안에 드는 사람이 없다. 즉, 팝콘은 모두가 바라던 대상이다. 어쨌거나 생활부장은 분명 화가 났을 것이다. 상상 이상의 배드엔딩이었다. 원래 우리의 예상은 이러했다. 팝콘 기계가 발견되면 뺏길 것이다. 그래서 오늘 하루만 팝콘 기부를 하고 기계를 환불할 생각이었다. 그래서 돈이 아깝다는 애들도 찬성한 것이다. 하지만 생활부장이 팝콘을 맞았다.

"팝콘을 도대체 왜 쏜 거야?"

"아니, 나는 그게 생활부장일지 몰랐지."

결국 우리는 작전을 짜냈다. 세 개의 작전이 나왔다.

1번 한여름 밤의 꿈 작전.

반에서 달리기가 제일 빠른 두 명이 지금 당장 팝콘 기계를 환불받으러 간다. 나머지는 모두 아무 일도 없던 척한다. 생활부장이 헛것을 본 것처럼.

2번 서희 작전.

생활부장과 담판을 짓는다. 팝콘 기계는 합당한 일이라고 생각합니다.

3번 무책임 작전.

생각은 나중에 하고 일단 팝콘을 먹는다. 생활부장이 교실에 들이닥치면 또 팝콘을 뿌려 도망치게 만든다. 옥수수가 바닥나면 그때 가서 생각하자.

'1번'이 제일 현실적이었다. 모두 동의했다. 달리기가 빠른 사람을 자원받았다. 하지만 아무도 손을 들지 않았다.

"그러면 운동장에 가서 뛰어 보고 결정하자."

"시간 없어, 미친놈아."

결국, 위치를 아는 나와 정원이가 가기로 했다. 팝콘 기계 안의 팝콘을 바닥에 털어 넣고 분해했다. 박스에 넣고 출발하려는데 석현이가 소리 질렀다.

"야, 팝콘이 바닥에 떨어져 있으면 한여름 밤이라고 우길 수가 없잖아!"

큰일이었다. 그렇다고 이제 와서 담판을 짓기엔 준비된 말이 없었다. 거란의 기마병들이 배 위를 밟고 지나간 듯한 기분이었다. 어쨌거나 팝콘 기계는 빼앗길 것이다. 징계를 받는다는 최악의 상황을 가정했을 때, 돈이라도 돌려받는 것이 최선이다. 서둘러 출발하려는데 문이 열렸다. 생활부장이었다. 석현이를 패 주고 싶었다. 20초 차이로 발각되다니. 틀림없이 생활부로 끌려가게 생겼다. 더군다나 그의 손에는 죽도까지 들려 있다. 생활부장이 입을 열려 했다. 그때 정원이가 앞으로 나왔다.

"안녕하세요, 선생님. 팝콘 기계는 합당한 일이라고 생각합니다."

그의 순발력에 감탄하지 않을 수 없었다. 한여름 밤의 꿈 작전 실패에 이어진 서희 작전이었다. 생활부장은 대답이 없었다. 나는 그가 상처를 받았을 거라고 짐작했다. 그러나 상처가 아닌 분노였다. 그가 교실 뒤의 우리를 향해 죽도를 들고 달려왔다. 도착하자마자 팝콘을 장전했던 것이 다행이다. '조리' 버튼을 누르자 팝콘이 발사됐다. 생활부장은 복도로 후퇴했다.

"세 봉지밖에 안 남았어."

사물함을 연 석현이가 말했다. 세 봉지라면 생활부장을 처치하기엔 알맞은 양이다. 하지만 종이 치면 체육선생과 교감, 교무부장이 합류할 것이다. 적어도 여덟 봉지는 필요했다. 그러나 지금 이 판국에 옥수수를 사오는 것은 사막에서 팝콘을 찾는 것과 다를 바 없었다. 생활부장은 복도에서 우리의 간을 보고 있었다. 그래서 우리는 교장실을 습격하기로 했다. 종이 치자마자 출발해야 한다. 나와 정원이는 팝콘 기계를 들었고, 석현이와 준우는 장전을 담당했다. 기회는 한 번뿐이었다. 수능에는 재수가 있지만, 팝콘은 잃는 즉시 죽음뿐이다. 드디어 종이 쳤다. 준우가 앞문을 열었다. 우리는 소리를 지르며 뛰었다.

"우와아아아아아!"

팝콘을 맞은 생활부장이 넘어졌다. 우리는 곧바로 중앙계단을 향해 뛰었다. 팝콘을 먹기 위해 달려온 전교생들 인파에 5층 복도는 주말 저녁 홍대입구처럼 혼잡해졌다. 덕분에 그가 쉽게 따라오질 못했다. 죽도를 흔들어도 다들 바닥에 떨어진 팝콘을 주워 먹느라 바빴다. 교장실 문을 열고 팝콘을 난사했다. 레슬링부 트로피가 깨졌고 벽걸이형 TV가 떨어졌고 교장의 안경이 박살 났다. 옥수수와 팝콘 기계를 챙기고, 바닥에서 뒹구는 그에게 말했다.

"선생님 고려가 왜 멸망했는 줄 아세요?"

"아이고, 허리야."

"바로 방심했기 때문이죠."

교장실을 나오자마자 체육 선생, 교감, 교무부장 그리고 생활부장과 마주쳤다. 하지만 이제 우리에겐 마흔 봉지의 옥수수와 두 대의 팝콘 기계가 있다. 나와 정원이가 파이프로 정교한 공격을 했다. 준우와 석현이는 팝콘을 손에 쥐고 "잡귀야, 물러가라!"를 외치며 액막이 공격을 했다. 43명은 5층에서 다시 모였다. 겉만 번지르르한 죽도는 팝콘 탄알에 상대가 되질 않았다. 패배를 인정한 생활부장이 운동장에서 확성기를 들었다.

"3학년 1반! 뭐가 불만인지 말을 해라!"

그의 주둥이가 불만인 우리는 운동장을 향해 팝콘을 발

사했다. 선생들이 구령대 밑으로 숨었다. 확성기가 잠시 삐빅 거리더니 다시 생활부장의 목소리를 뱉어 냈다.

"지금이라도 그만두면 용서해 줄게!"

하지만 저런 수법에는 수도 없이 당했다. 내가 말했다.

"두발 자유화요!"

"알았어! 두발 자유화 해줄게!"

"사기 치지 마세요. 작년에도 그렇게 말해 놓고 두 발로 걷 는 게 자유라면서 다 빡빡 깎았잖아요!"

"아니야! 이번엔 진짜 아니야! 전 재산을 걸고 맹세한다!"

"그런 말은 강원랜드에나 가서 하세요!"

팝콘의 무서움을 맛본 그들은 쉽사리 구령대에서 나오지 않았다. 이 틈을 타서 우리는 기계를 개조했다. 교무실의 청소 기를 분해한 후 새로운 호스를 장착했다. 다시 교실로 올라오 자 요란한 소리가 들렸다. 운동장을 봤다. 경찰차에서 경찰 세 명이 내렸다.

"3학년 1반! 꼼짝 마라!"

우리는 꼼짝하지 않고 팝콘을 발사했다. 아래에서 서성이 던 다른 반 애들이 운동장으로 달려가 팝콘을 주워 먹었다. 그사이에 소방차까지 도착했다. 그들이 사다리를 연결해 교실 로 올라오려 했다. 방탄복을 입은 상태였다. 팝콘을 발사해도 소용이 없었다. 소방관들이 사다리를 밟기 시작했다. 생활부 장과 선생들이 환호성을 질렀다. 경찰들은 무전기로 상황을 자랑했다. 모두가 당황하는데 석현이가 책상을 던졌다. 사다리는 철거됐다.

4

드디어 학교가 우리 것이 됐다. 우리는 교대로 보초를 서며 학교생활을 즐겼다. 교장실에는 놀 것이 많았다. 벽에서 떨어진 벽걸이용 TV에는 300개의 채널이 있었다. 하지만 그것에도 한계가 있었다. 옥수수가 두 봉지밖에 남지 않았을뿐더러, 평생 한 번뿐인 오늘을 학교에서만 산다는 건 끔찍한 일이었다. 새벽에 우리는 탈출을 계획했다. 어디로 갈지는 아무도 몰랐다. 운동장의 선생들이 조는 틈을 타 1층 창문을 부쉈다. 따라오는 이들에게는 팝콘을 선사했다. 이제 그들도 지친 듯 팝콘을 튕기지 않고 숨었다.

우리는 눈에 보이는 모든 것을 부쉈다. 초등학교를 부쉈고, 중학교를 부쉈고, 고등학교를 부쉈다. 옥수수를 탈취한 홈플러스를 부쉈고, 기계를 탈취한 롯데시네마를 부쉈다. 이제 세상에 팝콘을 만들 수 있는 것은 우리밖에 없었다. 팝콘의 힘은 생각보다 강력해서 잘만 사용하면 다이너마이트보다 큰 무기가 될 수 있었다. 하지만 우리는 초심을 잃지 않기로 했다.

"우리의 시작은 팝콘 기부였어."

우리는 다시 맛있는 팝콘을 만들기 시작했다. 그리고 사람들에게 나눠 줬다. 하지만 일일이 나눠 주는 것은 여간 번거로운 일이 아니었다. 그래서 우리는 63빌딩을 점령했다. 서울의 꼭대기에서 팝콘을 뿌려 댔다. 사람들은 우산을 쓰는 대신 입을 벌렸다. 어느 날, 우리는 기부를 잠시 멈추고 빌딩의 레스토랑에 모였다. 우아한 프랑스 영화의 한 장면처럼 기다란 테이블에 43명이 앉아 포크를 들었다. 식사하면서 팝콘 기부의 시작에 관한 얘기를 나누었다. 선도부장인 내가 팝콘 기계를 사자고 제안했을 때 다들 너무 놀라웠다고. 나는 점잖게 웃었다.

"모두 너희가 함께한 덕이지."

그때, 갑자기 건물이 흔들렸다. 우리는 허겁지겁 남은 스테이크를 입에 넣은 후 20대의 기계와 300봉지의 옥수수를 들고 옥상으로 올라갔다.

"야, 저거 봐!"

석현이가 가리킨 곳에 애드벌룬이 두둥실 떠오르고 있었다. 그 커다란 눈깔사탕 아래로 현수막이 걸려 있었다. 그리고 그곳에 "투항하지 않으면 건물을 부수겠다"라고 적혀 있었다. 팝콘을 발사해서 애드벌룬을 터뜨려 버렸다. 구멍 난 풍선은 잠시 하늘을 갈팡질팡하더니 현수막과 함께 국회의사당으로 떨어졌다. 곧이어 헬리콥터가 날아왔다. 생활부장이 타고 있었다. 20대로 한 번에 공격하려는데 그가 확성기를 들고 말했다.

"잠깐만! 30초만 시간을 줘!"

"닥쳐요!"

"제발! 조금만 시간을 주세요!"

"오, 공손한걸."

하지만 정원이가 나를 툭툭 친 후 고개를 저었다.

"어차피 저 사람들이 바라는 건 하나야. 자기들이 안에 있고 우리가 밖에 있는 거지."

우리는 팝콘을 쏴서 헬리콥터를 추락시켰다. 헬리콥터는 묶는 것을 깜빡한 풍선처럼 엉뚱하게 이곳저곳을 날아다니다 추락했다. 그러자 정말로 어른들이 화가 났다. 삼국지에나 나올 법한 기계로 63빌딩을 공격하기 시작했다. 우리는 팝콘 기계를 제외한 모든 것을 아래로 던졌다. 파라솔을 뽑은 후 테이블을 던졌고, 주방의 모든 유리로 된 것들을 던졌다. 그래도 그들은 공격을 멈추지 않았다. 수직으로 떨어지는 팝콘은 힘이 약했다. 우리는 처음으로 당황했다. 그래서 한 달 전처럼 다시 회의를 했다. 두 가지 의견이 충돌했다. 파라솔을 타고 도망치거나, 정면승부를 택하거나. 투표를 했다. 정확히 21표씩이었다. 마지막 투표자인 나의 선택에 모든 것이 달려 있었다. 잠깐의 고민 후 나는 결정했다. 정면승부를 택하기로 했다. 모두들 동의했다.

"마지막일지도 모르니 예식을 갖추고 하자."

국기에 대한 경례를 하고, 애국가를 불렀다. 순국선열과

호국영령을 향해 묵념을 하는데 또 건물이 흔들렸다. 이런 애국심도 없는 놈들. 그래서 기념사와 교가 제창은 생략했다.

"우와아아아아아아!"

우리는 소리를 지르며 내려갔다. 그리고 18층에서 그들과 마주쳤다. 그런데 놀라지 않을 수 없었다. 그들 역시 팝콘 기계를 들고 있었기 때문이다. 우리는 상당히 화가 났다. 노하우를 도둑질당한 기분이었다. 거침없이 응징의 팝콘을 쐈다. 하지만 팝콘을 맞아 본 것은 이번이 처음이었다. 그들은 이미 팝콘 총알에 적응된 상태였다. 전적으로 우리가 불리했다. 체포되는 인원이 생기기 시작했다. 결국 팝콘 기계를 버리고 도망쳤다. 파라솔을 타고 후퇴할 참이었다. 그런데 무슨 스릴러 영화의 한 장면마냥, 옥상에 도착했을 때 그곳에는 아무것도 없었다. 하늘을 봤다. 비둘기와 갈매기들이 끼룩거리며 파라솔을 물고 있었다.

팝콘 기계도 없고, 옥수수 봉지도 없다. 어른들은 소리를 지르며 계단을 올라오고 있었다. 주인을 잃은 강아지처럼 안절부절못하다가, 결국 그들이 모두 올라올 때까지 아무것도 하지 못했다.

"이런 패기밖에 없는 어린놈."

머리에 붕대를 감은 생활부장이 코웃음을 치며 등장했다. 손에는 죽도 대신 파이프가 들려 있었다.

"이런 패기도 없고 건강도 없는 늙은 놈."

말은 그렇게 했지만, 속으로는 떨고 있었다. 항복해야 할 생각에 앞이 막막했다. 그때 석현이가 소리를 지르며 뛰었다. 우리는 모두 그가 달려가는 곳을 바라봤다. 안쓰러운 뜀박질 끝에 팝콘 기계가 있었다. 비둘기들이 그것을 들고 제자리에서 낮게 날고 있었다. 그리고 그것은 우리의 마지막 희망이었다. 모두가 뛰기 시작했다. 나는 적벽대전 이후의 조조처럼 저 기계 하나만으로 새로운 도약을 해 볼 생각이었다. 하지만 애들이 팝콘 기계 안으로 뛰어들기 시작했다. 그러니까 원래는 옥수수가 들어가야 할 버너 속으로. 놀랄 새가 없었다. 어른들이 따라붙었기 때문이다. 모두가 팝콘 기계 속으로 들어갔고 이제 나만 남았다. 잠시 그 앞에 멈춰 서서 관찰했다. 우리가 제일 처음으로 샀던 40만 원짜리 최상급 팝콘 기계였다. 이제 내가 그곳으로 뛰어들 차례였다. 그런데 나까지 뛰어들면 기계는 누가 조종하지. 순간 본능적으로 파이프는 내가 들어야 한다는 것을 깨달았고 어느새 몸이 그것을 실천하고 있었다. 하지만 기계가 터져 버릴지도 모른다. 서둘러 결정해야 했다.

딸각.

결국 나는 조리 버튼을 눌렀다. 기계가 요란한 소리를 내며 진동했다. 주변을 포위하던 생활부장과 어른들이 주춤주

춤 물러섰다. 마침내 파이프를 통해 무언가 발사되었다. 그것은 팝콘 기계를 등에 멘 정원이였다. 그는 팝콘을 뿜어내며 하늘을 날고 있었다. 모두 어안이 벙벙한 사이 그가 생활부장을 낚아챘다. 그리고 영등포 교도소로 날아가 생활부장을 던져 버렸다. 두 번째로 등장한 것은 석현이였다. 그는 교장을 들고 휴전선을 건너 김정일정치군사대학교 남자화장실 청소도구함에 그녀를 넣어 버렸다. 그렇게 내가 조리 버튼을 누를 때마다 팝콘 기계를 등에 멘 친구들이 하나씩 등장했고, 적들은 하나씩 사라졌다.

"도망가자!"

소리를 지르며 어른들이 옥상을 내려갔다. 그리고 63층에서 엘리베이터를 기다리다가 내게 잡혔다. 나는 조리 버튼을 눌러 몇 명을 추가로 날려 버렸다. 덜덜 떨고 있는 사람들을 구경하다가 담임선생님을 발견했다. 시험성적이 떨어졌다고 머리를 때려 나에게 성적 수치심을 주신 분이다. 그가 내 앞으로 다가와 두 손을 비비며 빌었다. 이제는 성적으로 사람을 판단하지 않을게, 하지만 나는 그를 타지마할로 보낼 생각이다. 힘차게 딸깍, 버튼을 눌렀다. 그런데 아무것도 나오지 않았다. 다시 딸깍, 딸깍, 버튼을 누르다가 그제야 42명이 모두 발사됐다는 사실을 깨달았다. 태양에 떨어진 히치하이커가 된 기분이었다. 굳이 열화상 카메라가 없어도 뜨겁게 이글거리는 그들의 눈을 볼 수 있었다.

"이 새끼를 잡아라!"

담임선생이 엘리베이터 옆 산세베리아를 뽑아서 내게 돌진했다. 눈을 질끈 감고 마데카솔을 바를 준비를 하는데 갑자기 몸이 붕 뜨기 시작했다. 아래를 봤다. 담임선생이 옥상까지 올라와 씩씩거리고 있었다. 나는 두 줄기의 팝콘을 뿜어내며 하늘을 날고 있었다. 이미 알고 있었지만 놀란 척 양옆을 봤다. 팝미네이터가 된 정원이와 석현이가 양 날개가 돼 주고 있었다. 그들은 나를 잡고 한참 동안 하늘을 올라갔다. 서울은 어느새 점이 되었고 우리는 구름까지 뚫고 하늘로 상승하고 있었다. 나는 조금 불안했다. 이러다가 오존층까지 뚫어 버리는 것 아닌가. 그렇다면 우리 때문에 지구가 멸망할 것이다. 그러고 싶지 않은 내가 물었다.

"근데 우리 어디로 가고 있는 거야?"

"어디로 갈까?"

정원이가 왼쪽에서 뻔뻔하게 되물었다.

"학교만 아니면 다 좋지, 뭐."

오른쪽에서 석현이가 그렇게 말했고 나는 고개를 끄덕였다. 도대체 어디로 날아가는지는 우리 모두 알 수 없었지만 실실 웃음이 났다. 나는 그들의 어깨에 손을 올렸다. 팝콘을 등에 업은 어깨동무였다. 어느새 파라솔을 문 비둘기, 갈매기들과 40명의 동지들도 우리를 따라오고 있었다.

"꽉 잡아."

정원이와 석현이가 나를 쳐다보며 동시에 말했다. 나는 잠시 웃음을 멈추고 고개를 끄덕였다. 그리고 우리는 조금 더 빠르게 하늘을 날기 시작했다.

사교육(Intermission)

교육부, 파격적인 공교육 개혁안 발표! 공교육 민영화!

기사 입력 20××-02-29 01:23

(서울=청와대어린이기자단) 지난 12월, 43명의 테러리스트들이 전국 각지 학교들을 쑥대밭으로 만들어 놓은 사건 이후, 재건 지원에 대해 말을 아끼던 교육부가 드디어 입을 열었다.

"이제부터 PC방으로 등교하세요."

초중고 12년은 PC방 학교 6년으로 통합된다. 앞으로 '만 15세 미만 청소년'이라면 누구나 국가가 공인한 PC방을 무료로 이용할 수 있다. PC방 학교에서는 온갖 인터넷 강의를 무료로 수강 가능하며, 기본 교육을 비롯한 기초 자격증 취득 후에는 수강생이 원하는 자격증을 추가로 취득할 수 있다. 어렸을 때부터 자기주도적 학습을 익히는 것이다.

그렇다면 PC방 학교를 졸업하고 나서 아이들은 어디로 갈까? 정답은 간단하다. 학원이다. 각자의 사교육을 선택하면 된다. 교육부는 앞으로 사교육을 적극적으로 권장하겠다고 밝혔다.

과거: 초등학교—중학교—고등학교
앞으로: PC방 학교—학원

이에 따라 각종 기업이 전국 각지에 학원을 설립하고 있다. 국내 최대 치킨 프랜차이즈 VVQ는 심심시티 부지 100평을 사들여서 치킨학원을 설립했다. 국내 각지에 숨겨져 있는 치킨 인재들을 적극적으로 찾아내겠다는 포부다. VVQ 회장 천종원 씨는 "치킨학원을 졸업하는 모든 학생은 졸업 후 취업 100%를 보장해 주겠다."라고 덧붙였다. 현재 VVQ의 치킨학원은 '국립학원'으로 허가를 받은 상태다.

2
부

자격증의 시대

에잉, 너무하네.

파티 같은 걸 기대한 건 아니지만, 이렇게 아무도 없을 줄은 몰랐다. 하지만 이해한다. 졸업도 못 한 채로 고향에 돌아온 놈을 반겨 줄 가족이란 없는 것이다.

[알아서 밥 차려 먹어라.]

냉장고엔 아버지가 남긴 쪽지가 붙어 있었다. 하지만 고향에 돌아온 첫날 밤을 내 요리 따위로 보낼 순 없지. 나는 집을 나온 뒤, 바삼을 향해 걸었다. 그것은 '바보 삼거리'의 줄임말로, 거기 있으면 주변에 음식점이 너무 많아 바보처럼 멍하니 서 있게 된다는 뜻에서 남권이가 붙인 별명이다. 다들 잘 있으려나. 식당들도, 친구들도.

그런데 참 신기하게도, '바보 삼거리'에 도착하자마자 남권이와 마주쳤다. 5년 만이었다.

"너 서울대 가면 나 같은 백수랑은 손절할 줄 알았는데."

"그런 말 하지 마."

우리는 근황을 공유했다. 나는 대학을 그만둘 거라고 털어놓으려다… 민주 생각이 나서, 휴학쯤으로 둘러댔다.

"뭐야."

"…뭐가."

"너 어딘가 변했어."

"…"

"무슨 일 있었어?"

"《못 배운 세계》라는 책 사서 거기 두 번째에 있는 단편 읽으면…"

"응~. 책 안 읽어~."

이 새끼는 변한 거 없이 그대로네. 나는 대충 인사하고 헤어지려 했다. 하지만 남권이가 붙잡았다. 동창회 중이라며 함께 가자고 했다. 딱히 할 일도 없고, 운 좋으면 밥값도 아낄 수 있을 테니 굳이 거절할 이유가 없었다.

그런데 도착한 치킨집에는 민주뿐이었다.

"콩진호. 오랜만이네."

결코, 마주하고 싶지 않던 상황이었다.

"서울대는 다닐 만해?"

나는 대답 대신 화제를 돌렸다.

"너는 뭐 하고 지내?"

"육수."

나는 허겁지겁 손을 들고 아주머니를 불렀다.

"육수 좀 더 주세요."

그리고 민주를 향해 웃어 보였다.

"나 착하지?"

"수능 육수 한다고, 사탄아."

"네?"

그리고 민주의 하소연이 시작됐다. 4년제 교대 꿈꿨지만, 현실은 4조 2교대. 어쩐지 그 온도차의 원인이 나라고 탓하는 것처럼 느껴져서 기분이 나빴지만⋯ 다행히 그쯤에서 내 휴대 전화가 울렸다. 박챔프 PC방으로부터 온 연락이었다. 전화를 끊은 나는 쓴웃음을 지어 보였다.

"봐. 대학 가 봤자 뭐 해. 이렇게 알바나 구하는데."

그런데 민주가 엉엉 울기 시작했다.

"육수 나왔⋯ 뭐야, 왜 울고 그러니."

"아주머니⋯ 제가 진짜 교대 가고 싶어서⋯"

박챔프 PC는 물론 메뚜기 PC, 정중앙 PC, 사기꾼 PC에

도 지원서류 넣었는데 답장 한 통 없었단다. 나는 우리 동네에
PC방이 그렇게 많이 생긴 줄도 몰랐다.

"제가 고졸 아니었으면… 답장해 줬겠죠?"

민주는 한참을 울다가 내 앞으로 왔다. 차마 내일 면접 때
문에 가 봐야 한다는 얘기를 꺼낼 수 없었다.

"민주야…"

"괜찮아, 혹시 네가 뒤지면 내가 대신 할 수도 있으니까."

"…나 죽이려는 건 아니지?"

"하면 돈 줄 거야?"

다행히 줄 돈 없었다. 더치페이 할 돈만 있을 뿐. 그렇게
나는 카드값 17500원 긁은 뒤, 집으로 돌아와

다음 날, 무사히 면접에 갔다. 자신을 화곡시티 교육감이
라 소개한 면접관은 내게 프리브리핑을 요구했다. 나는 내 아
르바이트 경력을 소개했다. 한데,

"우린 알바생을 뽑는 게 아니오. 교사를 뽑는 거요."

"…네?"

그러고 보니 컴퓨터 앞에 앉아 있는 놈들 전부 인터넷 강
의를 듣고 있었다. 현실 강의를 듣는 건 나뿐이었다. 그러니
까… 교육감의 수다가 끝나지 않았다.

"이제 학교는 성인 되면 쓸모없는 내신 대신 자격증을 위
한 교육을 하오. 화곡시티는 이 기회로 심심시티에 버금가

는…"

"저기, 면접을… 언제까지 계속하나요?"

"음? 담당자가 얘기 안 했소? 당신은 이미 합격이오. 껄껄."

"네?"

뭔가 기묘하게 억울한 기분이었다. 동시에 의아했다. 업무도 모르고 지원한 내가 합격한 이유가 궁금했다. 그래서

"제가 왜… 합격인가요?"

물어보고 아차 싶었다. 새로운 수다거리를 발견한 교육감의 눈동자가 반짝였다.

"지원자 중 최종학력이 대학인 게 자네밖에 없었거든. 이러면 학벌 위주라고 문제 삼겠지만… 사실 대학은 사회생활의 매너 같은 거지. 꼭 갖출 필요 없으나 있으면 신뢰 생기고 좋은… 식전빵 같은 거랄까?"

다행히 그분과의 인연은 그걸로 끝이었다.

인수인계는 컴퓨터와 함께했다. 수습기간 동안 나는 〈PC방 학교〉라는 과목의 인터넷 강의를 수강했다. 동시에 달라진 화곡시티에서 생활하며, 아르바이트생 대부분이 청소년인 걸 보는 것도 또 다른 의미의 공부였다. 걔네는 스카이서성한중경외시가 뭔지도 몰랐다. 그저 '편의점 알바 학원', '서빙 학원'에 다니며 출석수당 받는 실습생들이었다.

그런가 하면 방과 후 PC방에는 어른들이 가득했다. 뒤늦게 영어, 한국사, 중국어 등의 공부에 빠진 늦깎이 수험생들이었다. 청소년이 일하고 어른이 공부한다니. 뭔가 기묘했지만, 생각해 보면 이게 맞는 순서 아닌가? 공부 다음 취업이 아니라,

취업 다음 공부지. 아이들은 그 체계를 납득했다. 굳이 설명 안 해도, 안 하면 손해라는 걸 알고 있는 것이다. '팝콘 전쟁' 이후, 정부는 교육 과정을 대거 개편했다. PC방을 학교로 만들었다.

의무교육 해당 연령에는 PC방비 무료.
모든 인터넷 강의 무료. 자격증 시험 응시료 무료.
1년 자격증 취득 개수 제한 없음. 하지만

만 15세가 넘는 즉시, 최소 시간당 2000원의 PC방비와, 시간 당 2만 원의 강의료, 횟수당 20만 원의 자격증 시험 원서 접수비를 납부해야 한다. 하지만 나쁜 가성비가 아니다. 고작 '대학 졸업 자격증' 얻기 위해 4년 동안 적성에 맞지도 않는 수업 들으면서 2000만 원 납부하던 시절을 생각해 보면

그 정도야, 투자할 수 있다. 이제 나는 돈도 있고 시간도

남는 어른이니, 새로운 미래를 위해 아랍어 강의를 구독했다. 학생들에게 뒤처지지 않기 위해 노력해야지. 나는 새로운 시대의

교사다!

라는 생각에 자부심 가득 찼는데, 막상 실전에 돌입하니, 하는 일은 PC방 알바생과 다를 바 없었다. 컴퓨터 고치고, 화장실 청소하고, 물 떠다 준다. 점심마다 무상급식 열차가 오는데, 배급 또한 나의 몫이었다. 이거 원, 착취가 아닌가 싶었지만

첫 월급이 들어오는 순간 생각이 바뀌었다. 덕분에 아버지께 속옷을 선물해 드릴 수 있었다. 무려 30만 원짜리 명품을 말이다.

"구지[4] 이런 거 사다 주지 않아도 되는데…"

"아니에요, 아버지."

나는 아버지가 당당하게 목욕탕에 가시길 바랐다. 하지만 아버지는 팬티를 찬장에 고이 넣어 두었다. 내 대학교 입학증서 옆에 말이다.

---

4   오타 아니다. 브랜드 이름이다.

"아들아, 난 네가 자랑스럽다."

그게 끝이 아니었다. 앞으로 애들 가르치느라 힘들 테니, 집안일은 본인이 일절 다 하겠다고 선언하셨다. 이게 사짜 돌림 직업의 힘인가. 나는 감사했지만, 한편으로는

양심에 찔렸다. 사실 PC방에서 내가 하는 게 없거든. 애들은 알아서 잘한다. 설사 모르는 게 있어도 나한테 물어볼 필요 없이 컴퓨터로 해결한다. 그래서 나는 액체괴물을 샀다. 아랍어 강의 환불받은 돈으로 말이다. "열심히 살자!"라는 다짐은 일주일도 가지 못했다. 출근하자마자 액체괴물을 조물거리며 퇴근하기만 기다렸다. 이게 시간 낭비란 걸 알지만,

낭비할 수 있으니까 했다. 지금의 나는 성장할 필요도, 발전할 필요도 없는 어른이니까, 애들이 공부하고. 원서 접수하는 동안에도 그 상태를 유지했다. 자격증 시험 주간이 다가왔지만, 내게는 월드컵 시즌일 뿐이었다.

월요일

오늘부터 5일간 자격증 시험 기간이다. 동시에 월드컵 개막이다. 경기 시작까지는 한 시간이 남아 있었다. 방송사에서는 기다리는 사람들을 위해 4년 전 월드컵 다시보기를 틀어

쳤다. 나는 4년 늦게 그 경기를 보면서

　　이걸 친구들과 함께 봤다면 얼마나 좋았을까… 생각했다. 돌아보면 추억 하나 없다. 지금이라도 추억을 쌓고 싶어서, 시험 끝난 애들에게 함께 응원하자고 제안해 보고 싶지만, 내일도 시험이 있으니까 안 되겠지. 역시나,

　　경기가 시작됐지만, 애들은 대한민국이 이기든 말든 자기들 시험만 봤다. 놀라울 정도로 아무도 태극전사에 관심 없었다. 박챔프 PC방에서 선수들의 헛발질을 지켜보는 건 나뿐이었다. 이러다 16강 못 가겠는데?
　　컴퓨터가 꺼진 건 그 순간이었다. 비단 내 컴퓨터뿐만 아니라 PC방 전체가 정전됐다. 주위는 순식간에 어둠으로 가득 찼고, 곳곳에서 탄식 소리가 들려왔다.
　　"어? 뭐야."
　　"아, 시발 잘 풀고 있었는데!"
　　순간적인 상황 변화를 받아들이지 못하고 폭력적으로 돌변한 것이었다. 그건 나도 마찬가지였다. 지금 동점골 넣으면 어쩌지? 그럴 일 없을 거란 걸 알면서도

　　미친 듯이 복도로 달렸다. 더듬더듬 두꺼비집을 올리니, 주위가 순식간에 빛으로 가득 찼다. 나는 태극전사들을 응원

하기 위해 다시 허겁지겁 PC방으로 달렸다. 그런데 누군가 막아섰다.

"네가 그랬지?"

모범생 이회차였다.

"너 왜 반말…"

"네가 내린 거잖아."

저번 주만 해도 참하던 녀석이 다짜고짜 선생님한테 누명을 씌우다니. 이것이 공부의 폭력성인가. 그런데 회차는 진심으로 내가 범인이라 믿고 있었다. 내내 쫓아다니면서 "한 번만 더 그러면 경찰에 신고한다"라고 협박했다.

화요일

그런데 진짜 어이없게도, 다음 날도 PC방이 정전됐다. 하필 내가 커피포트에 물 받으러 간 사이 꺼져서, 나는 이회차에게 또 의심을 받았다.

"왜 정수기도 있는데 화장실로 갔지?"

"니들 눈치 보여서"라고 말하기 눈치 보여서 수돗물이 더 맛있다고 둘러댔다. 그 임기응변은 헛소문으로 돌아왔다. 콩선생이 우리를 질투한다. 저번에 사이버 탑골공원에서 '요즘 애들' 타령하는 것 봤다. 나는 어느새 남 잘되는 꼴 못 봐서 테러 일으키는 놈이 돼 있었다.

억울해서 눈물이 나올 지경이었다.

어쩌면 이 모든 게 단순 사고가 아닌, 누군가 나를 엿 먹이기 위해 벌인 계획이 아닐까. 문득 그런 생각이 들었다. 그러니까 누군가 의도적으로 PC방 두꺼비집을 내리고 도망치는 것이다.

그래서 '바보 삼거리'에 갔다. 심문을 하기 위해서였다. 한데 얘기를 꺼내니,

"진호야, 우리가 도와줄게!"

"그래. 어차피 대학도 못 간 백수인데."

그리고 닭볶음탕이 나왔다. 취조만 하고 빠져나오려 했는데 꼼짝없이 더치페이행이었다.

절대 술 안 마신다.

굳게 다짐한 나를 놀리기라도 하듯, 용의자1은 억지로 술을 권하지도, 나를 비난하지도 않았다. 내가 알던… 민주의 모습이었다. 덕분에 나는 고등학생 때로 돌아온 기분이었다. 그 시절, 우리는 바바리맨을 잡기 위해 회의를 한 적이 있다.

"우리 꼭 범인 잡아서…"

"민주가 표창장 받아서 서울교대 갈 수 있게 해 주자."

"고마워, 우정들아."

말은 그렇게 했지만 사실 나도 표창장을 받고 싶었다. 만년 2등인 게 자존심 상했다. 그래서 기말고사 시험 전날, 민주

를, 김덕배 선수를, 대한민국 국가대표 축구팀을 배신했다. 강
선생님의 대놓고 문제 읊어 주기는 내 공책에 고스란히 메모
됐고,

덕분에 나는 100점을 맞았다. 민주는 82점. 순식간에 화
곡고등학교 전교 1등, 학교장추천 전형은 나의 차지였다. 바바
리맨을 누가 잡았느냐는 더는 중요하지 않았다. 그 후 민주는
학교를 상대로 행정소송을 걸었지만,

수업 시간에 시험 문제 알려 주는 게 뭐가 문제입니까.

결과는 나의 편이었다. 아무튼 그로부터 4년이 지난 지금.
우리는 다시 모였다.

컴끄튀맨을 잡기 위해.

나는 4년 전의 내가 했던 말을 반복했다. 바바리맨을 검
거하기 위한 작전. 교대로 망을 보자. 친구들이 그 대사를 기
억해 줬으면 했다. 하지만,

"교대?"

그 단어에 우울해진 스물네 살 김민주는 소주를 시켰다.
한 병 마시고 나니, 용의자1로 돌아왔다. 엉엉 울면서 "대학
엿 먹어라!"를 외쳤다. 아주머니는 TV만 봤다. 위로도 두 번
하기는 물리는 것이다. 제동 거는 사람이 없으니 민주는 미친

듯이 들이켰고, 그 속도를 따라잡으려고 한 게 화근이었다. 정신을 차려 보니

수요일

오전 10시 10분. 순간이동 한다고 쳐도 지각이었다. 나 때문에 학생들이 PC방에 들어가지 못하고 있는 것이다. 무려 시험 셋째 날에.

명백한 해고 사유다.

다시 백수로 돌아가는 건가. 아버지를 실망시킬 순 없어! 그 공포가 나를 서두르게 만들었다.

하지만 아버지가 먼저 날 실망시켰다. 빨래가… 안 돼 있었다! 수건은 물론, 입을 속옷 하나 없었다. 지금 입고 있는 건 어젯밤에 맥주 쏟아서 술 냄새가 나는데, 야속한 시간은 1분 1초 흐르고… 노팬티를 감행하기엔 입을 게 청바지뿐이었다. 결국 나는

아버지의 구지 팬티를 입고… 동네를 달렸다. 그런데 PC방은 멀쩡히 돌아가고 있었다. 학생들은 집중해서 시험 보고, 카운터에서 민주가 나를 대신하여 선생님 역할을 하고 있었다.

"치… 친구야…"

나는 진심으로 감동했다.

"지문인식 나밖에 안 되는데 문 어떻게 열었어?"

"안 열었는데."

"그러면?"

"부쉈지."

민주가 쓰레기통에 가득 담긴 유리조각을 보여 줬다. 몸소 조울증을 체험하는 내 앞으로 남권이가 PC방 유리문을 열고… 아니, 그냥 들어오면서 말했다.

"교대요."

나는 복도로 나가서 두꺼비집 앞에 주저앉았다. 차가운 대리석 바닥에서 있으니, 도대체 뭣 하러 대학에 갔나 하는 생각이 들었다. 나도 이럴 줄 알았으면 결코 배신하지 않았다. 그런 허탈감 때문이었을까. 살살 배가 아파 와서 나는 화장실로 갔다. 서둘러 볼일을 보고 나오려는데 휴지가 없었다. 하지만 비데가 있지. 나는 진화한 시대에 감동하며 '세정' 스위치를 누르려 했다. 그런데 그 순간,

정전이 됐다.

바지를 올리고 곧장 범인을 잡으러 가야 했다. 하지만 손에 30만 원의 감촉이 닿는 순간, 나도 모르게 멈칫하고 말았다. 그 상태로 한참을 고민했다. 범인을 잡아야 한다. 동시에

구지를 더럽힐 수 없다. 어쩌지. 한참을 고민하던 나는 결국

양말 한 짝을 벗어서… 그곳에 붙였다. 그리고 화장실을 나오는 순간 불이 켜졌다. 이미 두꺼비집 앞에는 남권, 민주를 비롯한 모두가 모여 있었고, 그들의 시선은 엉거주춤 달려오는 나에게로 모였다.

"콩진호, 범인 잡았어?"

이 상황에서 화장실 다녀왔다고 하면 누가 봐도 의심스럽기 때문에 나는 놓쳤다고 둘러 댔다. 민주가 범인의 인상착의를 물었다. 나는 선뜻 지어내지 못하고 더듬거렸다. 그러자 이회차가 코웃음을 쳤다.

"어디선가 수상한 냄새가 나지 않냐?"

나는 그 냄새가 나한테서 난다는 줄 알고 겁먹었다. 그런데 진짜 나였다. 이회차가 다짜고짜 내 오른쪽 신발을 벗겼다.

"양말 한 짝이 어디 가셨을까."

나는 비웃음이 나왔다. 하루 사이에 모함 실력이 줄어들었구나. 내게는 늦잠 잤다는 핑곗거리가 있지. 누구나 서두르다가 양말 한 짝을 못 신고 외출한 경험이 있잖아.

그런데 세상에 저게 뭐야.

두꺼비집에 빨간 양말 한 짝이 걸려 있었다. 다행히 내 양말은 파란색이었지만 다행이 아니었다.

물론 내게는 휴지가 없었다는 핑곗거리도 있지.

누구나 그래서 양말을 엉덩이 사이에 붙여 본 경험도 있잖아. 하지만 너무 구차한 TMI가 아닌가, 고민하는 순간

"잠깐만!"

민주가 소리쳤다.

"저기 CCTV가 있다!"

무심코 남겨졌던 복도 끝의 감시 카메라. 모두가 그곳을 향해 달리며 환호했다. 범인을 잡아낼 수 있소. 일순간 이회차가 침을 꿀꺽 삼키는 걸 본 것 같기도 하다. 하지만 나는 맘 놓고 웃을 수 없었다. 애초에 CCTV 생각을 안 한 게 아니었다. 다만,

그걸 돌리려면 교육감에게 보고해야 하는데,

그러면 꼼짝없이 나의 근무과실이 알려진다. 하지만 모두가 지켜보고 있기에, 전화를 거는 수밖에 없었다. 나는 교육감님이 딴소리 못 하게 재빨리 용건을 말했다.

그게 서운해서였을까.

"뭘 그런 거 가지고 CCTV까지… 알아서들 혀."

교육감님은 쌀쌀맞게 전화를 끊었다. 나는 다시 수십 개의 눈초리 속에 덩그러니 남겨졌다. 그 안에서… 나도 모르게

눈물이 흘러나왔다.

"나 진짜 아니얌…"

한번 폭발한 눈물샘은 멈추질 않았다.

"제발 믿어줘… 나 진짜 아니야…"

일순간 학창 시절, 선생님들 무시하던 걸 후회했다. 내 기억 속의 고3 교실. 제발 졸지 좀 말라고 학생들 깨우던 선생님. 그걸 보면서 무시하던 걸… 반성했다.

그게 통한 걸까. 아니면 그저 동정한 걸까. 이회차를 비롯한 학생들은 더는 나를 추궁하지 않았다. 마저 시험을 본 뒤, 말없이 하교했다. 나도 라면 박스로 PC방 입구를 막아 둔 뒤, 귀가했다. 가는 길에 까치마트에 들러서 세제 대신 기저귀를 샀다.

목요일

그걸 착용하고 두꺼비집 앞에 내내 앉았다. 민주와 남권이가 굳이 그럴 필요 없다 해도 끝까지 자리를 지켰다. 이게 내 역할이니까. 나는 성장이 멈췄고, 더 성장할 필요도 없는 어른이지만,

아이들의 가능성은 지켜 주리라. 식곤증이 몰려왔지만 어

금니 꽉 깨물고 참았다. 오줌이 마려웠지만 하기스의 흡수력을 믿었다. 그렇게 나는 박챔프 PC를 지켜 냈다.

"선생님, 감사해요. 덕분에 시험 잘 봤어요."

비로소 스승 된 도리를 한 기분이었다. 내가 남에게 도움되는 존재라는 게 기뻤다. 그동안은 노력해 봤자, 친구 재수생이나 만들 뿐이었는데. 심지어 나도 행복하지 않았고. 하지만 이제는 나를 싫어하던 이회차마저 내게 와서 고마움을 표한다.

"…제가 졌어요. 사실 쌤이 범인이라고 생각하지 않았어요."

"어… 어?"

"그저 화를 낸 거예요. 내 부족한 실력을 감당하는 것보다… 누군가를 탓하는 게 쉬우니까요. 하지만 오늘 선생님이 노력하는 모습을 보면서 감동했어요."

"회차야…"

그럼 왜 나한테 지랄한 거니. 마음속에선 항의가 끓어올랐지만 훈훈한 분위기를 망치고 싶지 않았다. 열심히 하면 뭐든 할 수 있다고 응원을 건넸다. 하지만 그건 진심일까. 내가 누군가를 진심으로 응원한 적 있을까.

교육제도가 어떻게 바뀌든,

세상에서 제일 어려운 건 가르치는 일. 즉 일말의 부채 없이 응원하는 일인 것 같다. 나는 그 일의 적임자가 아니다. 그래서 카운터에 서 있는 민주에게 일을 양도할 계획이었다. 하지만,

"나는 교대 가고 싶은 거지 선생님 되고 싶은 게 아니야."

"아아…"

"그리고 이제는 못 도와줄 것 같아. 미안해."

"무슨 일 있어?"

"내일부터 입시 하러 전국일주 해."

1년 동안 공장에서 일하며 모은 돈으로 전국에 있는 교대를 찾아다닌단다. 나는 섣불리 민주에게 응원의 말을 건네지 못했다. 설령 합격한다고 해도, 그건 나 때문에 4년이나 늦어진 합격이 될 테니까, 준비했던 말을 건네지 못했다. 민주야,

이 미친 세상에서 우리에게 남는 건 우정뿐이야. 연락 없이 지낸 것 미안해,

라고… 말하지 못했다. 그저 라면박스를 걷어 내며 PC방을 나가는 친구를 지켜볼 뿐이었다.

금요일

그리고 마지막 날이 왔다. 오늘이 지나면 학교는 긴 방학

에 돌입한다. 그렇기에 PC방은 여느 때보다 더욱 붐볐다. 아이들뿐만 아니라 돈 내고 자격증 시험 보러 온 어른들도 가득했다. 나는 쓰레기통을 비우고 키보드를 닦았다. 혼자서 카운터와 복도를 왔다 갔다 해야 했다. 만 원짜리 라면 조리하다가도 문득 불길한 예감이 들면, 복도로 뛰쳐나가야 했다. 그런데

굉장히 수상한 무언가가 두꺼비집 근처에 서 있었다. 검은색 복면을 쓰고 있어서 처음에는 그림자인 줄 알았다. 그는 나를 보고는 그 자리에 얼어붙었다. '무궁화 꽃이 피었습니다' 하는 기분이었다. 나는 두꺼비집 앞으로 가서 고개를 숙였다. 다시 뒤를 도니까 바로 앞에서 그림자가 한 발 들고 혓바닥 내민 상태로 가만히 있었다. 나는 계속 지켜봤다. 그림자는 아차 싶었는지 비질비질 땀을 흘리다가 풀쑥 쓰러졌다.

"너 술래."

"아, 아쉽다."

이번에는 그림자가 두꺼비집에 기대고 내가 복도 끝으로 갔다. 그런데 그 사이 두꺼비집 누르는 소리가 들렸다. 다행히 정전은 되지 않았다. 만약을 대비해 내가 레버에 본드칠을 해둔 덕분이었다. 뭔가 잘못됐다는 걸 깨달은 그림자는 도망쳤다. 물증을 확보했으므로 나는 놈을, 컴끄튀맨을 쫓았다.

추격전은 동네방네 계속됐다.

결국 우리는 바보 삼거리까지 왔다. 그는 치킨집 앞에서 헛다리를 짚더니 이윽고 내 시야에서 사라졌다. 나는 바보처럼 멍해지고 말았다. 지금 놓치면 영영 못 잡는다. 어디로 숨었을까.

호랑이를 잡으려면 호랑이가 되라는 말이 있듯, 나는 감정이입을 시도했다. 아아. 나는 컴끄튀맨이다. 컴퓨터 끄고 튀는 데 희열을 느낀다. 어제는 실패해서 분하다. 오늘은 반드시 성공할 거다. 결의를 다지며 박챔프 PC방에 갔다. 경비를 유인했다. 이제 다시 돌아가서 두꺼비집을… 오, 맙소사!

안 돼!

나는 왔던 길을 되돌아갔다. 내 추리력이 녀석의 판단력보다 빠르길 바라며 계단을 뛰어올랐다. 역시나. 검은 실루엣이 복도 끝으로 뛰고 있었다. 나는 양학선 스텝으로 날아올라 공중에서 270도 돈 뒤, 범인이 스위치를 내리기 직전 몸을 날려 잡아 냈다. 신음을 흘리는 범인의 가면을 곧장 벗겨 냈다. 그리고 나타난 얼굴이 무얼 의미하는지… 나는 도저히 알 수 없었다.

와, 너무하네.

우정 같은 걸 기대한 건 아니지만, 이렇게 뒤통수 칠 줄은

몰랐다. 민주가 나에게 느꼈던 감정을 내가 남권이한테 느끼
는 건가. 일말의 미안함도 없는지, 정체가 드러난 킹남권은 나
를 보고는 킥킥 웃었다. 섬뜩함을 느끼는 순간,

갑자기

등 뒤에서 빵빠레가 울리더니, 교육감이 등장했다. 마치
모든 걸 지켜보고 있었다는 듯이 인자한 표정으로 나타났다.
　"아깝소."
　"그러게요. 한 번만 더 성공하면 1급이었는데."
　머리를 긁적이는 남권이의 얼굴에는 아쉬움이 가득했다.
나만 사태 파악이 안 된 채, 어안이 벙벙하게 서 있었다. 남권
이가 주머니에서 뭔가를 꺼냈다. 빨간 양말이었다.
　"이건…"
　"산타의 상징이지."
　교육감이 남권이에게 자격증을 수여했다. 자격증과 함께
나가는 안내문에는 해당 자격증을 이용한 '진학 가능 학원'
리스트가 적혀 있다. 남권이가 취득한 '도망 자격증 2급—실
기'로는 산타 학원 혹은 도둑 학원에 진학할 수 있다. 엄청난
온도차였다.
　"그럼 너는 응시료 20만 원 내고 겨우 두꺼비집 내린 거
야?"

"물론이지, 꿈이 있으니까."

"꿈?"

"나 어렸을 때부터 산타 되고 싶어 했잖냐."

교육감은 내게 범인 잡기 자격증은 발급해 줄 수 없지만 '정직 자격증 2급'은 발급해 줄 수 있다고 말했다.

"사건 터지자마자 곧장 보고했으면 1급인데, 아쉽게 됐네."

"아뇨, 딱히 아쉽지는…"

"자, 이제 학교로 들어가세."

"네?"

"학생들한테 '인내심 자격증 1급'을 부여해 주러 가야지."

카운터 앞에서 만난 이회차는 꾸벅 고개를 숙이며 그동안 죄송했다고 사과했다. 자신의 꿈이 형사라서 '협박하기 자격증'을 따기 위해 어쩔 수 없었다며 내게 양해를 구했다. 나는 무슨 형사가 '협박하기 자격증'이 필요하냐고 되물었다.

"형사 안 되면 렌터카라도 하게 자격증 딸 수 있는 건 지금 다 따 놔야죠."

씩씩한 열다섯 살을 보며, 나는 불현듯 서울대학교가 그리워졌다. 모두가 열정에 가득 차 있는 이곳은… 아무래도 내가 적응하기 어려운 곳인 것 같다.

뭐, 이번 달까지만 하고 관둔다고 해도 나로선 손해 본 게 없었다. 복학해야겠다는 깨달음을 얻었고 돈도 벌었으며 아버지께 구지 팬티도 선물했다. 마침 창밖에 칙칙폭폭 기차가 왔고, 저 중엔 내 몫의 공짜 치킨도 있었다.

그 시각.

교육부에서 서울대학교 폐교 법안[5]을 통과시켰다는 것도 모르고, 나는 하던 대로 무상급식을 나눠 주며 그래도 살기 좋아진 세상이라고 생각했다.

---

5   〈서울을 지켜라 샤샤샤〉에서 계속됩니다.

칙칙폭폭 무상급식

닭 교수님은 나를 설득했다. 선거에 나갈 필요가 없다고 타일렀다. 스펙이 필요하니? 도와주겠다. 생활비 필요하니? 교수추천 장학금 넣어 주겠다. 하지만 내가 원하는 건 하나다.

"저는 치킨 값을 낮추고 싶습니다."

잠시 말이 없던 교수님은 나를 연구실로 데려갔다. 서랍 속에 있던 낡은 전단지를 보여 줬다. 자세히 보니, 맙소사. 치킨 한 마리에 2만 원밖에 안 했다. 교수님은 잔뜩 우수에 젖은 표정이었다.

"8000원일 때도 있었지…."

"배송비가요?"

"아니… 한 마리."

"도대체 그사이 무슨 일이 있던 건가요!"

교수님은 대답 대신 추천서를 써 주셨다. 그렇게 나는 출마할 수 있었다. '국립치킨학원' 학생회장 선거. 기호 1번 황순금에 대적하는 유일한 후보.

기호 2번 박또봉.

선거운동은 시작부터 치열했다. 나와 친구들은 황순금이 고용한 알바생들과 대결했다. 당최 돈이면 해결되는 건지. 일주일 전만 해도 황순금이 누군지도 몰랐을 놈들은 로고송까지 만들어 왔다.

"치킨은 명품 음식이다!"

"만세, 만세, 황순금 만세."

아마도 '작곡 학원', '마케팅 학원' 녀석들이겠지. 나도 엄마가 전국 학부모운영위원회 회장, 아빠가 부동산 부자면 저렇게 편하게 선거운동을 할 수 있었을 텐데.

하지만 그게 부럽지는 않다.

매일 학원까지 찾아와서 "너 무조건 성공해야 돼."라고 해 대는 부모를 감당해야 하니까, 황순금에게 '국립치킨학원' 학생회장 자리는 집착이다. 황제 타이틀을 달아서 부모님을 실망시키지 않기 위한 수단.

하지만 내게는 꿈이다. 나는 내가 화곡시티 보육원에서 온 놈이란 걸 기억하고, 그곳에서 하루 한 끼, 무상급식으로

나눠 주는 치킨 한 조각밖에 못 먹던 때를 잊지 않는다. 그래서 5분짜리 연설문을 적는 데에도

이틀 밤을 새운다.

황순금은 '정치 학원' 애들이 대신 써 준 거로 통 치는 연설문.

"공부 못…하면 치킨집 사장 된다는 말이 왜 있었겠습니까! 그때는 치킨이 만 원이었기 때문입니다. 돈이 가치를 매깁니다. 제가 당선된다면 치킨값을 10만 원까지 인상하겠습니다! 치킨을 귀족 음식으로 만들겠습니다!"

듣기 좋은 소리나 하는 연설문에 나는 진심을 담는다. 단상에 올라가기도 전에 달걀들이 날아왔지만(아마도 '투포환 학원' 애들이 던진 거겠지), 나는 꿋꿋이 후보자 연설을 시작했다.

"열네 살 전까지 닭다리를 한 번도 먹어 보지 못했습니다."

"지랄 마."

"무상급식으로 나눠 주는데, 뭘."

황순금 지지자들이 병아리처럼 삐약거렸다.

"세금을 많이 낸 동네부터 칙칙폭폭 열차가 운행하기에… 우리 동네에 올 즈음이면 안에는 닭가슴살만 남아 있었죠. 그러던 어느 날, 닭다리가 한 조각 있는 겁니다. 부자 동네에서

단체로 식중독이라도 걸린 모양이었죠. 아무튼 굴러 들어온 닭다리 하나를 가지고… 우리는 나눠 먹을 궁리를 했습니다. 자그마치 50명은 되는 보육원의 아이들이 말이에요."

나는 애써 눈물을 참으며 말을 이었다.

"'수학자격증' 있는 애들이 계산을 시작했습니다. 닭다리 면적은 0.2헥타르… 나누기 50… 그러다 지쳤는지, 자기는 안 먹겠다고 한 겁니다. 다른 애들도 그 친구를 따라서 빠지기 시작했죠. 하지만 단 한 사람만큼은 빠지지 않았죠."

"눈치 없는 새끼네."

"접니다."

"삐약."

"한 입 베어 물자마자… 눈물을 흘렸습니다. 친구들이 제게 물었죠. 무슨 맛이야? 부드럽고… 말랑말랑하고… 고소하면서…"

내 묘사력에 다들 입가가 촉촉해지기 시작했다. 그게 불안했는지, 황순금이 입을 열었다.

"고작 닭다리 하나 가지고 감성팔이 하지 마."

"그래요. 당신들한텐… 고작 닭다리 하나일 뿐이겠죠. 하지만 누군가에겐 꿈의 시작입니다."

"아니, 그래서 말하는 싶은 게 뭐야!"

"치킨은… 서민 음식이다."

그리고 꿈이 현실이 됐다.

압도적인 표 차로 당선된 나는 천종원 총장님이 나눠 주는 임명장을 받았다. 당신은 국립치킨학원 대표로서 막중한 책임감을 짊어졌습니다. 임기 동안 칙칙폭폭 무상급식 열차의 머리 칸을 책임짐과 동시에 학칙들을 수정할 수 있는 권한을 가집니다.

나는 고개를 끄덕였다. 내 손으로 아이들에게 치킨과 포크를 나눠 줄 생각에 기뻤다. 또한 국립치킨학원 학생회장만이 받을 수 있는 특권. 그것은 앞에서 말했다시피,

"이제부터 또봉이 이름 앞에는 **황제** 타이틀이 붙습니다."

나는 감격에 차서 되물었다.

"언제부터요?"

"지금부터."

"네?"

"한번 시험해 보게."

내 이름은 **황제** 또봉이. 헐. 진짜네.

나는 너무 기쁜 나머지 탈락한 순금이 생각도 못 하고 치킨댄스를 췄다. 이제와 생각해 보면 얼마나 약 올랐을까. 하지만 아무리 약 올랐다고 쳐도

학원을 그만두다니.

"그렇게 분하셨어요?"

나는 굳이 순금이에게 전화를 걸어서 물었다.

"닭쳐…"

"너는 이제 그 단어 쓰면 안 되지. 학원 그만뒀쟈나~"

"황제 또봉이… 너는 절대 나를 못 이겨!"

나는 그렇게 꿈을 이뤘다. 금수저들을 물리치고 증명했다. 최초의 흙수저 출신 황제. 마주치는 학우들마다 축하 인사를 건네 오는 건 얼마나 흐뭇한지. 아, 이제부터 한 번이라도 더 자랑하기 위해 3인칭으로 말해야겠다. 그러니까

황제 또봉이는 주말을 맞아 고향으로 내려갔다. 성공을 자랑할 생각에 벌써부터 입이 근질근질했다. 마침 까치호수 앞에서 문철마삼 아저씨를 마주쳤다.

"아저씨! 저예요! 황제 또봉이요!"

"헉, 헉… 알았어."

"달라진 게 느껴지지 않으세요? 황제 또봉이라고요!"

"배달 가는 중인데 길 막고 난리야[6]."

아저씨는 황제 또봉이의 날개 뼈를 잡고 호수로 던져 버렸다. 잔뜩 젖은 채로 물가로 기어 나오면서, 황제 또봉이는 세대 차이를 느꼈다. 10대와 50대 말고, 심심시티와 화곡시티

---

6   〈서울을 지켜라 샤샤샤〉에서 계속됩니다.

의 세대 차이. 망할 아저씨. 바나나 껍질이나 밟아라. 하지만 가족들은 내 성공을 알아 줄 거야. **황제** 또봉이는 힘차게 보육원을 향해 달렸다.

초봉이는 공용 싱크대에서 벅벅 손을 씻어 대고 있었다. 잠시 후 누나를 발견하곤 달려왔다.

"누나… 내 몸이 이상해."

"초봉아, 내 이름이 뭐였지?"

"몸이 이상하다니까. 막 불이 붙어."

"초봉아, 알았으니까 내 이름이 뭐였더라?"

"또봉…이?"

그래. 그거야. 또봉이는 흐뭇하게 웃다가 무언가 잘못됐음을 알았다. 또봉이,

또봉이,

또봉이. 몇 번을 해 봐도 마찬가지였다. 당장 닭 교수님께 전화를 걸었다. 교수님은 자기도 알아보겠다고 하고 전화를 끊었다. 아니, 자기가 교수인데 뭘 알아봐. 그때 초봉이의 뱃속에서 꼬르륵거리는 소리가 울렸다.

"누나… 배고파."

"급식 안 먹었어?"

질문을 던질 때만 해도, 거기에 해답이 있을 줄은 몰랐다.

"안 먹었어."

"왜."

"김치 싫어."

"뭔 소리여."

그 순간 전화가 왔다. **황제** 순금이였다. …잠깐만.

황제 순금이?

황제 순금이. 이게 뭐야. 깨달았을 땐 이미 수신 버튼이 눌리고 난 뒤였다. 듣기만 해도 열받는 목소리가 흘러나왔다.

"후후. 사립치킨학원의 또봉이. 같잖은 3인칭 놀이는 그만 하고 현실을 직시하시지. 나 국립김치학원의 **황제** 순금이를 보면서."

그리고 드러나는 참혹한 진실… **황제** 순금이는 김치학원 을 인수했고, 그곳에서 하루 만에 학생회장이 됐다. 청소년 정책을 결정하는 전국 학부모운영위원회는 김치를 무상급식으로 추진했다.

여긴 대한민국이다.

"편식하지 말고 김치 먹자"라고 발의했다지만 그저 내가 회장된 게 꼴 보기 싫었던 거겠지. 전국 학부모운영위원회의 회장은 **황제** 순금이네 어머니다. 그녀의 결정 덕에 사립김치학원은 국립김치학원으로 승강됐고, 국립치킨학원은 사립치킨학원으로 강등됐다. 공식적인 사유는 아래와 같다.

기름 값이 올라서 치킨 제조가 감당이 안 된다.

나는 어처구니가 없었다. 황제 순금이는 신나서 주절거렸다.

"치킨은 사탄의 음식이다. 첫 번째. 빈부격차의 상징이지. 누구는 다리 먹고, 누구는 날개 먹고. 두 번째. 몸에 안 좋지. 기름기 자글자글. 으으. 세 번째…"

그쯤에서 나는 전화를 끊었다. 황제 순금이가 싫어서도, 치킨이 무상급식 품목에서 탈락된 게 분해서도 아니었다. 초봉이의 손에서 불꽃이 튀었기 때문이다. 그 불은 도마 위에 있던 비둘기 고기로 향했고, 그건 그대로

치킨이 됐다.

나는 곧장 전화를 걸었다. 잠시 후, 닭 교수님이 보육원 문을 열고 들어왔다. 초봉이의 능력을 두 눈으로 확인한 교수님은 그 자리에서 아는 투자자들에게 전화를 돌렸다. 그 사이, 나는 동생에게 비결을 물었다.

"몰라… 그냥 속이 부글부글 끓었는데… 그게 밖으로 나왔어."

항상 화만 내고 현실을 바꿀 노력은 안 하는 초봉이가 이해가지 않았다. 하지만 그 화가 쌓이고 쌓인 끝에 초능력이

된 것이다! 화를 통해 뿜는 기름. 분노로 튀기는 치킨. 얼마나 값싼가. 마침내 공약을

실현할 시간이었다. 하지만 시작하기도 전에 쫓겨날 판이었다. 월요일. 등굣길. 사립치킨학원 앞은 시위대로 가득했다.

[최초의 급식 탈락 사태! 회장 또봉이는 탄핵으로서 책임져라!]

오늘이 임기 첫 날인데 책임지라니. 비단 나뿐만 아니라 학원의 위상도 말이 아니었다. 고작 '국립'에서 탈락했다는 이유만으로 벌써 수백 명의 학생이 전학을 갔다. 남은 인원들은 썰렁한 강의실에서 사립치킨학원을 되살린 방안을 토론했다. 하지만 집중이 안 됐다. 창밖에서 들려오는 소음공해 때문이었다. 칙칙폭폭 열차는 그저 경적을 울릴 뿐이었지만,

김치군군 열차는 스피커로 동네 떠나가라 '만약에 김치가 없었더라면' 노래를 틀어 댔다. 수업 도중에 귀를 부여잡고 소리치는 닭 교수님을 보기 일쑤였다.

"제발 그만해."

점심시간마다 전국에 '김치가 맛있다!'가 울린다. 그야말로 세뇌교육이다. 하지만 효과는 없다. 우리는 물론이거니와, 어린이들도 먹지 않았다. 김치군군 열차에는 김치가 꾹꾹 쌓여 갔다. 왜 우리의 정치싸움에 애꿎은 어린이들이 피해봐야 하는지. 미안하면서도 포기할 수 없었다. 조금만

버텨라. 우리가 투자자 쇼케이스 성공해서 만 원 치킨을 유치시킨 뒤, 다시 칙칙폭폭 열차를 부활시킬게. 꿈이 없다고 말하던 초봉아! 너도 드디어 꿈이 생긴 거야! 네 덕분에 모두가 행복해질 수 있어! 하지만 그런 누나의 기대를

동생은 부숴버렸다. 10분 후가 쇼케이스인데 전화를 받지 않았다. 이윽고 투자자들이 입장했다. 익숙한 얼굴들이었다. 한때는 우리의 친구들이었지만 이제는 국립김치학원으로 전학 간 녀석들의 어머니, 아버지들. 학부모운영위원들. 하지만 초봉이가 없으니 아무것도 할 수 없는 것이다.

"아, 배고파 죽겠구먼."

투자자들이 짜증을 내기 시작했다. 그 순간, 어디선가 익숙한 멜로디가 들려왔다. 김치군군 열차가 오는 소리였다. 그리고 그 안에서 **황제** 순금이가 등장했다. 언제나 그랬듯 치킨 튀기는 우리를 비웃다가 급 공손해졌다.

"아주머니, 왜 여기 계세요."

"서커스 한다고 해서 보러 왔지."

"서커스를 빈손으로 보세요?"

"그러니까 말이야. 여기 서비스 꽝이야."

"마침 열차 왔으니까 김치 드시면 되겠네요."

하지만 그들은 김치를 먹지 않았다. 자기들은 쉰내 나는 음식 별로 안 좋아한단다. 김치를 무상급식 품목으로 지정되

게 만든 장본인들이 김치를 안 먹는다니.

"원래 어릴 때는 편식이지만 나이 먹으면 취향이란다."

어처구니없었지만 그 순간만큼은 '학부모운영위원'이 아닌 '투자자'였으므로, 우리는 화를 낼 수 없었다. 대신 최근에 '치킨 개발' 수업에서 만들어 낸 신메뉴 '젤리 치킨'을 대접했다. 투자자들은 게걸스럽게 닭다리를 찢었다. 한 시간 뒤, 초췌한 초봉이가 강당 문을 열고 나타날 때까지.

"밤새도록 게임한 얼굴이네요. 꺼억."

"역시 가난한 놈들은 시간 약속도 모르는군. 끄윽."

교수님이 황급히 초봉이 앞에 도마를 내밀었다. 수십 번은 연습했던 광경이다. 하지만 초봉이는 능력을 보여 주지 않았다. 멍하니 있었다. 투자자들은 혀를 차며 자리에서 일어났다.

"기회가 와도 잡지를 못하니, 원."

"쯧쯧, 저러니까 계속해서 거지처럼 살지."

나는 그 말에 화가 난 나머지 콜라를 던져 버렸다.

"길 가다가 대가리나 깨져라!"

이러면 기회 한 번 더 달라고 빌 수 없다는 걸 알면서도, 그들을 쫓아냈다. 언제나 우위에 설 대상을 찾는 게 인간이라지만, 이건 너무하잖아. 하지만 내가 난리 친 보람도 없이, 초봉이는 바닥에 주저앉아서 모바일 게임 '래디컬 그라운드'를 하기 시작했다. 닭 교수님이 초봉이의 휴대폰을 뺏어서 창밖에 던져 버렸다.

"괜찮아, 젊은이. 나도 이딴 사회에는 더 있고 싶지 않네."

그것은 단순한 위로가 아니었다. 교수님은 초봉이의 재능을 지지하겠다고 덧붙였다. 자신이 그동안 모은 돈을 투자해서 치킨집을 열 테니 함께 '만 원 치킨 사업'을 하자고 제안했다. 자네는 분명 능력이 있고, 나는 그것의 가치를 믿어. 하지만

"아니요, 저는 능력이 없어요."

"안 겸손해도 돼, 초봉아."

"진짜 없다니까요…"

그것은 단순한 자기부정이 아니었다. 그게 문제였다. 초봉이 마음속에 있던 분노, 초능력의 동력이 오늘 아침, 몽땅 사라졌단다.

"그 사람들 말이 맞아요. 전 그냥 이런 인간이에요. 기회가 왔는데도 늦잠 자는 놈… 어제 진짜 너무 부담돼서 딱 한 판만 하면서 스트레스 풀자 했는데… 정신 차리니 11시였어요."

눈에서는 닭똥 같은 눈물이 툭툭 흘렀다.

"이젠 화가 안 나요. 사회 문제가 아니라 내 탓이란 걸 깨달았거든요. 나는 게을러요. 부지런한 사람만이 탓을 할 수 있죠."

"초봉아…"

그 순간, 갑자기 폭발음이 들렸다. 테러라도 일어났나 싶을 정도로 거대한 소리였다. 잠시 후 피범벅이 된 투자자들이 비명을 지르며 강당으로 들어왔다. 놀라는 것도 잠시, 쉰내가 몰려왔다. 동시에 폭발음이 한 번 더 들려왔다. 투자자들이 비명을 지르며 냉장고로 숨었다.

"그거 안에서 안 열리는데!"

그 순간 마지막 폭발음이 울렸고, 학원 유리가 박살남과 동시에 김치들이 쏟아졌다. 교수님이 밖에다 던져 버렸던 초봉이의 휴대전화도 함께 들어왔다. 사태를 파악한 건 그 폰으로 인터넷 뉴스를 본 뒤였다.

속보입니다. 쌓이고 쌓인 김치를 감당하지 못한 김치군군 열차가 폭발해 버렸습니다. 심심시티 거주자들은 황급히 대피하십쇼.

"음. 그렇군."

하고 감탄하고 있을 때가 아니었다. 우리는 서둘러 학원을 빠져나왔다. 새빨개진 심심시티를 보니, 내심 속이 시원했다. 자신들이 자초한 일에 자신들이 벌을 받은 것이니까.

그런데 도착한 화곡시티 보육원에는 **황제** 순금이가 있었다. 치킨을 먹고 있었다. 그 주위로 홀쭉한 보육원 애들이 서성였다.

"느그들 집엔 이런 거 없제?"

황제 순금이가 15만 원짜리 프라닭 치킨[7]을 자랑했다. 대낮에 주거침입에 희롱이라니. 이 정도면 탄핵 사유로 충분하지 않을까. 하지만 그것은 합법적인 농락이었다. **황제** 황순금은 우리더러 청소가 완료될 때까지 심심시티에 거주하라고 명령했다. 이유는 간단했다. 본인의 아버지가 이곳 건물주니까. 심심시티가 기부한 금액으로 운영되는 게 화곡시티의 보육원이니까.

갑이 하라고 하는데 어쩌나… 해야지…

아이들은 모두 마스크를 쓰고 김치시티가 돼 버린 심심시티로 걸었다. 그 광경을 보며 분노했지만, 할 수 있는 게 없었다. 그저 닭치고 걸을 뿐이었다. 하지만 초봉이는 달랐다.

"으아아…"

다시 부글부글 끓기 시작했다.

"개빡쳐… 아니, 칙빡쳐… 으아아아!"

그리고 초봉이의 온몸에서… 광선이 튀어 나갔다. 그건 그대로 심심시티를 뒤덮은 김치로 향했다. 광선을 맞은 김치가 자글자글 튀겨지기 시작했다. 나는, 우리는, 적들은, 그 믿기지 않는 광경을 실시간으로 지켜봤다. 어디선가 디지몬 진

---

7   "부자는 프라닭을 먹는다"라는 광고로 소개되며 인기를 끈 치킨. 언박싱 시 기분 좋도록 18K 골드 장식으로 포장한 것이 포인트다.

화 BGM이 들려오는 듯했다. 김치⋯ 진화!

김치킨,

"와! 맛있겠다!"

노릇한 냄새를 맡은 아이들이 달려들었다. 똑같은 김치인
데, 전과는 반응이 180도 달랐다. 광난클린 부를 필요 없이,
아이들은 심심시티까지 달려가서 미친 듯이 김치킨을 먹어 댔
다. 말 그대로 삭─제했다. 덕분에 심심시티는 원래의 상태로
돌아왔다. 상부상조였다. 배고픈 이들은 배불러지고, 더러운
집은 깨끗해지고. 치킨학원도 정상수업을 할 수 있었다.

내 임기는 그렇게 시작됐다.

사건 이후, 황순금은 함께 김치킨 브랜드를 론칭하자고
제안했다. 하지만 초봉이가 의식불명으로 입원해 있으니, 오
리지널 레시피를 알 수가 없었다.

"야, 진짜인 게 뭐가 중요해."

진짜처럼 보이는 게 중요하지. 그렇게 치킨학원과 김치학
원은 통합됐다. 나와 황순금은 김치킨학원 공동회장으로서
임기를 수행했다. '서민들을 위한 김치킨'이라는 광고를 만들
었다. 메인에는 초봉이의 사진이 있다. 그러기에

사람들은 초봉이가 행복한 줄 안다.

업적을 인정받아서 하와이에서 살고 있는 줄 안다. 병원에 의식불명으로 입원해 있는 모습을 모른다. 이유는 간단하다. 학원에서 그렇게 기사를 냈다. 나는 처음에는 반박했지만,

"초봉이가 이렇게 된 걸 알고 절망하는 게 금수저일까, 흙수저일까. 그렇기에 초봉이는 행복해야 돼. 그게 진실이 아니라도."

황순금의 말을 인정했다. 그래서

"제 꿈은 초봉이 님입니다."

'김치킨 학원 신입생 선발 면접'에 가면 수험생들로부터 그런 말을 듣기 일쑤였다. 애써 웃으면서 "너도 노력하면 될 수 있어."라고 말할 수밖에 없었다. 하지만 아무리 치킨학원 학생들이 노력을 해도, 그때의 김치킨 맛은 나지 않았다. 연구에 연구를 거듭해야 하니 김치킨 가격은 자연스럽게 올랐다. '치킨값 인하' 공약을 내걸었던 나로서도… 어쩔 수가 없었다. 초봉이의 병원비만 해도 하루에 얼마인데. 하지만

김치킨 가격을 1000원 올리니까, 초봉이는 역적이 되었다. 김치킨만큼은 배고픈 아이들을 위한 식량이었는데. 어떻게 이럴 수가 있냐면서 다들 초봉이를 장사꾼으로 몰아세웠다. 그 말에 왈칵 화가 치밀어 오른 나는

어느새 황순금과 그리 다르지 않았다. 내 스스로에게 놀랐다. 인생이 이런 걸까. 영웅으로 쓰러지거나, 오래 살아서 자낳괴가 된 자신을 보거나. 하지만 나는 믿고 있다. 언젠가 세상이 알아줄 거란 걸. 초봉이가 자낳괴가 아닌… 묵묵히 우리를 지탱해주는 그림자.

닭크 나이트라는 걸.

세상에 나쁜 뼈는 없다

과거

오늘도 낯선 어른들이 집 근처를 서성였다. 아빠는 겁먹지 말라고 했다. 고작해야 교회나 절에서 온 사람들일 거라고. 하지만 나는 안다. 나만 안다. 그들은 모찌를 죽이러 온

악당들이다. 나는 약속을 지켜야 한다. 영리가 어른이 될 때까지 모찌를 무사히 지켜 줘야 한다. 일주일 전. 우리는 약속했다. 그날. 나는 언제나처럼 혼자 놀이터에 있었는데, 새하얀 강아지를 품에 안은 여자애가 내게로 왔다. 그러고는 다짜고짜 시비를 걸었다.

"너희 집에 TV 있어?"

"…아니."

"컴퓨터는. 스마트폰은."

"어쩌라고!"

그런데 여자애가 새하얀 강아지를 건넸다. 어른이 되면 찾으러 올 테니 그전까지 강아지를 맡아 달라고 했다. 혹시나 자신이 아닌 누군가 찾으러 온다면 절대로 줘서는 안 된다고 덧붙였다. 나는 당황했지만, 이내 고개를 끄덕였다. 언제나

강아지를 키우는 게 소원이었으니까. 그깟 약속 따위야 별거 아니었다. 강아지가 꼬리를 흔들면서 여자애를 쳐다봤다. 여자애도 한참 강아지를 쳐다보다가 울면서 돌아갔다.

아빠도 강아지를 좋아해 줬다.

"하영이 동생이니까 하돌이라고 부를까?"

"이미 모찌라는 이름이 있대요."

신기하게도 며칠을 함께 지내니 강아지는 모찌라는 말에도 하돌이라는 말에도 금세 반응했다. 방 안을 뛰어다니다도 이름을 부르면 멈추고 돌아봤다. 내 마음은 풍선껌처럼 부풀어서 더 많은 단어를 가르치고 싶었다. 하지만 모찌는 내가 하는 말을 질겅질겅 씹어 버렸다.

손!

앉아!

엎드려!

그것만 모르면 다행이게. 신문지에 오줌을 누라고 몇 번을 가르쳐도 몰랐다. 모찌에게 화장실을 이해시키는 건 어려운 일이었다. 그래서 나는 모찌를 강아지 학교에 보내려 했다.

작년. 대통령 후보였던 선덕 아주머니는 '강아지 공교육'을 공약으로 내세웠다. 전국 수백만 애견인들을 위한 강아지 학교를 나라에서 만들겠다는 거였다. 강아지를 키우지 않던 나지만 그 공약은 좋았다. 그래서 아빠를 졸랐다. 덕분에

선덕 아주머니는 대통령이 됐고, 화곡시티에도 강아지 학교가 생겼다. 그때만 해도 내가 강아지를 키우게 될 줄은 몰랐는데. 역시 투표. 중요하다!

하지만 나는 모찌를 강아지 학교에 입학시킬 수 없었다. 입학 자격 중에 '5차 예방접종 의무'가 있었는데, 주사 한 방이 우리 집 일주일 생활비와 맞먹었다. 내가 돈이 많았다면 모찌를 학교에 보내 줄 수 있었을 텐데… 아이고야, 나는 무능력한 일곱 살.

그래서 내가 대신 학교에 갔다. 박챔프 PC에서 '강아지 가르치기', '강아지 교육' 등을 검색했다. 그러던 중 〈도기도기 스쿨〉이라는 쇼를 발견했다.

이제 육아예능의 시대는 갔다. 육멍예능 〈도기도기스쿨〉!

다섯 명의 어린이 보호자와 다섯 마리의 강아지가 함께 합니다!

그중 한 마리가 모찌와 몹시 닮았다. …아니야, 이런 말 위험해. 견종차별하지 말자고 생각하려는 찰나, 저 여자애도… 엊그제 놀이터에서 봤던 개잖아.

"얘는 모찌입니다."

여자애가 말했다. 동시에 자막이 떴다. 하영리. 8세. 탤런트 하윤주 씨의 딸.

찌질이인 줄 알았는데 연예인이었다니!

나는 집에 홀로 남겨진 모찌 생각도 못 하고 〈도기도기스쿨〉을 정주행했다. 모찌의 과거를 탐방했다. 강아지 쌤이 말했다.

"함께 자면 안 됩니다."

본인과 보호자의 서열을 동급으로 생각하는 계기가 됩니다. 그 말에 따라서, 어린이들은 강아지들과 따로 자는 연습을 했다. 동시에 '몰래 카메라'는 주인과 떨어져 있는 강아지의 모습을 관찰했다. 처음에는 다들 낑낑거렸지만,

몇 차례 훈련을 거듭하자 강아지들은 의젓해졌다. 아무 소리도 내지 않고 잠들었다. 어른들이 박수를 치며 기뻐했다.

하지만 나는 기쁘지 않았다. 걱정됐다.

우리 집은 단칸방인데. 어떻게 훈련하지.

현재

어제 〈아이펫〉 아저씨들이 돌아왔다. 모찌가 그려진 항아리를 든 채였다. 그러자 모든 게 다시 시작됐다. 나는 카메라 앞에 서야 했다. 모든 게 어색했다.

액자 속에 갇힌 모찌의 얼굴도.

3분간의 묵념도. 인형을 담은 복주머니도. 어쩌면 모찌가 살아 있지 않을까. 아저씨들이 그냥 뼛가루를 가져와서 모찌라고 속이는 것 아닐까 하고 드는 생각도. 카메라가 꺼진 뒤 감독님의 목소리도.

"요즘 애들. 할머니 죽었을 땐 안 울면서. 개새끼 뒤지면 저러더라."

"쟤 할머니 죽었을 땐 나도 안 울었다고 봐."

엄마의 익숙한 목소리도.

그렇게 장례식이 끝났다. 방송이 나가면, 기사가 나가면, 사람들은 어떻게 반응할까. 통쾌해할까. 미안해할까. 아니면 애초에 관심이 없을지도.

언제까지 이렇게 살아야 하는지.

장례식이 끝나니 이번엔 인터뷰다. 이것만큼은 하고 싶지 않았다. 그러자 엄마는 나를 끌고 화장실로 갔다. 조곤조곤 설득했다. 저분들 아니었으면 강아지 못 찾을 뻔했지? 너는 저분들에게 보답해야 돼.

"하지만."

나는 항의했다.

"TV에 이제 안 나와도 된다면서요."

"이번만. 진짜 마지막이야. 한 번만."

"그러면… 약속해요."

엄마가 한숨을 참는 게 보였다. 그걸 알면서도 나는 새끼 손가락을 내밀었다. 그리고 작은 방으로 가서 감독님에게 항아리를 건넸다. 감독님이 항아리를 제사상 위에 올려놓았다. 내가 할 일은 그 앞에서 대사를 외치는 일이었다.

"모찌가… 갔어요."

"NG."

"영리야, '좋은 곳으로' 갔다고 해야지."

어느새 방으로 따라온 엄마는 자기가 감독인 양 명령했다.

"그건 거짓말이잖아요."

"생각하기 나름 아니겠니."

"…"

제작진분들은 곤란한 표정을 지었다. 이윽고 감독님이 누군가를 불렀다. 모자를 쓴 언니가 옆에 섰다. 언니는 감독님에게 귓속말을 전해 듣더니, 곧바로 내게 왔다. 그리고 부탁했다.

"언니 동생이 집에서 기다리고 있거든… 네가 끌면 다 퇴근을 못 해. 부탁할게."

그 말에 심장이 아팠다. 내가 고집부릴수록 언니의 동생이 더 오래 혼자 기다리게 되겠지. 그런 미안함에 나는 결국 '좋은 곳으로'라고 말했다. 그러자 촬영은 순식간에 끝났다. 나는 모찌의 유골함을 꽉 껴안았다. 그리고 진심으로 사과했다.

미안해.

사는 게 재미없었지.

산책 한번 못 해 봤으니까. 그곳에서만큼은 꼭 자유로울 수 있게, 한강에 너를 뿌려 줄게. 하지만 그런 소소한 일을 하기에

나는 태생적으로 너무 유명했다. 거실에 또 다른 촬영 팀이 있었다. 〈도기도기스쿨〉 팀이었다. 잔뜩 경계하는 내 앞으로 독 피디 님이 다가왔다.

"영리야, 오랜만. 방가방가. 잘 지냈어?"

"엄마는요?"

큰방에서 눈물 연기를 하고 있었다.

"맘 아프지만 결단을 내렸죠. 덤덤하게 영리도 받아들였
어요."

다음은 내 차례였다. 엄마는 안약을 닦고, 나를 의자에
앉혔다. 마찬가지로 '20회 특집 사건'에 대한 해명을 하면 됐
다. 하지만,

"나 도저히 못 하겠어요."

엄마의 침묵.

"진짜 카메라만 보면 무서워요."

"한 번만 더 부탁할게."

나의 침묵.

"'괜찮아요'라고 한마디만 해. 이젠 안전하다고. 새 강아지
사 줘? 말만 해. 돈 내 줄게."

"평범하게 살고 싶어요."

과거

심심시티 외곽에 위치한 쓰레기촌. 아빠는 그곳에서 일한
다. 한국의 모든 뼈를 묻는 일이다. 뼈들은 땅 깊숙이 묻혀서
언젠가 석유가 될 날을 기다린다. 먼 미래. 산유국이 돼 있을

대한민국을 위해, 저기서 포클레인을 조종하고 있는 게 우리 아빠다.

"하영아, 웬일이야!"

아빠는 들뜬 표정이었지만, 죄송하게도 내 용건은 재활용 쓰레기 더미에 있었다. 거기서 쓸 만한 플라스틱 쪼가리들을 주웠다. 집으로 돌아와 그것들을 붙여서 울타리를 만들었다. 잠시 후 완성된 울타리에 모찌를 가뒀다. 모찌는 끼잉— 하는 소리를 내더니 엎드렸다. 나는 마음이 약해졌다. 하지만 미안해 모찌야. 교육을 위해서라면

어쩔 수 없대.

그리고 다시 PC방 학교에 갔다. 마저 〈도기도기스쿨〉을 봤다. 어느덧 19화. 그 사이 출연진 어린이들은 다 어른이 됐다.

물론 말이 그렇다는 거다.

설마 고작 몇 주 지났다고 어른이 됐겠냐. 그러니까 어른들을 따라 하고 있었단 거다. 애들은 강아지들에게 훈수를 뒀다.

공부 좀 잘해 봐.

언제 애기 낳을래.

진짜 어른들은 애들의 어설픈 어른 흉내를 보며 깔깔댔
다. 그런데 갑자기 화면이 멈췄다.

〈도기도기스쿨〉 20회는 VOD 서비스를 제공하지 않습
니다.

하필 딱 재밌는 데서 끊겼다. 다음 에피소드는 '생방송 무
인도 특집'인데. 하지만 다 방법이 있지. 구글에 검색하니까
'20회 특집'에 대한 정보가 나왔다.

생방송으로 진행된 〈도기도기스쿨〉 20회는 '무인도에서 강아지들
은 어떻게 생활할까?'라는 주제로 강아지들을 관찰한 방송 특집이었
다. 강아지 학교에서 배운 것들을 강아지들이 잘 활용해 줄지 기대가
모였다.

하지만 생방송에는 예상과 다른 비극의 현장이 담겼다. 인간 없
이 무인도에 남겨진 강아지들은 서로를 향해 으르렁댔다. 급기야 출
연견들 중 제일 인기를 끌었던 모찌는 맥스를 물어 버렸다. 황급히
제작진들이 투입됐지만 맥스는 이미 숨진 뒤였다. 인간들이 등장하
자 모찌는 아무것도 모르겠다는 듯 순수한 표정으로, 오히려 맥스를
걱정하는 척 연기했다.

모찌의 위선에 분노한 시청자들은 청와대에 '모찌 안락사 청원'
등을 올리기도 했다. 제작진 측은 모찌가 심성이 나쁜 강아지인 것

은 아니고, 그저 최근에 '광견병'에 걸렸을 뿐이라고 해명했다.

…믿을 수 없었다. 모찌가 다른 강아지를 물었다고? 나도 물면 어쩌지? 이런 공포를 나만 느끼는 건 아니었다. Youtube 에 '모찌'를 검색하니 나처럼 두려움을 느끼는 사람들이 수두룩했다. 누군가는 그 두려움을 분노로 표출했다.

추적해서 죽여 버리러 간다, 개새끼야!!!

왜 영리가 내게 모찌를 건넬 수밖에 없었는지 비로소 이해됐다. 도시의 사람들이 화가 났구나. 이러고 있을 게 아니었다. 나는 당장 집을 향해 달렸다.

그런데 동네에 낯선 사람들이 있었다. 그중 검은 양복 입은 아저씨가 나를 붙잡고 물었다.

"이 근처에 CCTV 없니?"

나는 일부러 모르는 척을 했다. 그러자 아저씨는 스마트폰을 보여 줬다.

"이런 강아지 못 봤니?"

내 거짓말은 티가 났을까. 아저씨는 누구일까. 영상을 올린 사람일까. 정말로 추적해서 온 걸까. 집 문을 열자마자 모찌가 반가워하며 짖어 댔지만 나는 혹시나 누군가 뒤따라왔

을까 봐 무서워 모찌의 입을 틀어막았다. 그리고 놀랐다. 모찌의 이빨에 물려 병이 옮을까 봐… 그래서

모찌를 또 울타리 속에 가두고 말았다. 이런 내가 싫었다. 당장 동물병원 가서 광견병 주사를 맞혀 주고 싶지만, 나는 돈이 없다. 벌 수도 없다. 어른이 너무 부럽다. 물론 모든 어른이 넉넉하지는 않지만, 나는 그걸 잘 알면서도 아빠가 집에 오자마자 애원했다.

"아이고, 그럼. 아빠가 딸 위해 그거 한 방을 못 놔주겠니."

"아빠, 하지만…"

'그거 한 방'은 10만 원이었다. 아빠는 당황한 기색이 역력했다.

"아니, 돈 때문이 아니라… 아빠가 옛날에 이쪽 공부해 봐서 아는데 그 정도는 아닐 텐데…"

참으려고 했지만, 눈물이 났다. 울타리 속의 모찌가 낑낑거리면서 내게 오려고 했다. 그 모든 슬픔을 보고도 아빠는 잠을 자야 했다. 일찍 일하러 가야 했으니까. 어른이니까.

그런데 다음 날 저녁. 집으로 돌아온 아빠의 손에는 검은 비닐봉지가 들려 있었다. 나를 위로하기 위한 싸구려 김치칩 이겠거니 싶었다. 하지만 봉지 속에는 주사기와 백신이 들어

있었다. 나는 뭐냐고 물었다. 아빠가 나를 보며 웃었다.

"아빠도 주사 놓을 줄 알아."

현재

방송국에서 출발한 모범택시는 낯선 곳에서 멈췄다. 4만 7000원을 내고 엄마와 함께 도착한 곳은 집이 아닌 허름한 PC방이었다. 여길 왜 왔지?

"네가 평범하고 싶다며."

PC방 학교에 보내 주겠다는 거였다. 물론 내가 원한 평범함은 이게 아니지만, 그때까지만 해도 엄마가 내 소원을 들어주려는 줄 알았다. 일말의 미안함을 느끼는 줄 알았다. 왜 굳이 심심시티에도 있는 PC방을 놔두고 여기까지 온 건지는 모르겠지만.

"등록하러 오셨소?"

자신을 화곡시티 교육감이라 소개한 아저씨는 어떻게든 학교를 홍보하려 안달이었다. 타 지역 PC방 학교와 다른 박챔프 PC방만의 특별함을 강조했다.

"그럼 어렵겠는데요."

"네?"

"얘는 평범하고 싶어서 미친년이거든요."

"…예?"

그걸 시작으로 하루 종일 PC방들을 떠돌았다. 택시를 타고 도시 곳곳을 누볐다. 하지만 엄마가 생각하는 '평범함'은 어디에도 없었다. 나는 엄마에게 맞섰지만, 계속해서 그러지는 못했다. 결국 내 패배를 인정했다.

"엄마… 제가 잘못했어요. 집에 가요."

그러자 엄마는 기다렸다는 듯이 대답했다.

"나 이기려고 하지 마. 다시 물어볼게. 너 소원이 뭐야."

"…"

"소원이 뭐야."

"좀만 더… 생각해 볼게요."

"다른 애들한테 물어보면 뭐라 하는지 알지? 다들 텔레비전 나오고 싶다고 난리야."

엄마는 집요했다. 10분에 한 번씩은 물어봤다. 내가 벽장에서 뼈 간식을 꺼낼 때도 마찬가지였다.

"청소는 나중에 하고. 말해 봐."

오늘 안에 내 소원을 듣고 싶은 모양이었다. 결국 나는 말했다.

"바닷가… 가고 싶어요."

"바다는 왜."

이뤄지지 않을 걸 알면서도 소소함을 꿈꿨다. 모찌의 뼈를 바다에 뿌려 주는 시간을 갖고 싶었다. 물론 그렇게만 말하면 엄마가 화낼 것을 알기에, 뒤이어 한마디를 더 덧붙이려 했다. "그것만 들어주시면 뭐든 다 할게요."라고 말하려 했다. 하지만 엄마는 내가 이미 마침표를 찍어 버렸다고 결론지었다.

"너 그딴 멘탈로 살래?"

그 말에 겁먹은 내 쉼표는 금세 꼬리를 감췄다. 그게 더 엄마를 화나게 만들었다.

"내가 프레셔 걸어 줘?"

그렇게 말하는 동시에 엄마는 내가 들고 있던 뼈 간식을 바닥에 내동댕이쳤다. 그다음은 모찌의 유골함이었다. 엄마가 그걸 들고 곧장 화장실로 갔다. 변기에 부으려 했다. 나는 울고불고 매달렸다. 그 바람에 엄마의 손이 미끄러졌다. 항아리는 곧장 마루로 굴러갔고, 뚜껑이 열렸다. 모찌의 뼛가루가 거실 방방곡곡을 뛰어다녔다.

과거

말도 안 된다고 생각했다. 하지만 아빠는 의연했다.

"요즘 의사들은 돈만 밝혀."

그 얘기의 결론은 간단했다. 아빠는 쓰레기촌에서 일할

사람이 아니다. 집에 돈이 없어서 의대 못 가서 그렇지. 환경만 받쳐 줬다면 이렇게 살지 않았다. 추석마다 지겹도록 들은 얘기. 그냥 돈이 없다고,

솔직하게 말해도 괜찮은데. 아빠의 수다는 끝날 줄을 몰랐다. 나는 알겠다는 말로 그 하소연을 끊었다. 아빠가 오늘 가축약국에서 사 왔다는 주사기와 백신을 꺼냈다. 그걸 보면서 두 가지 걱정이 동시에 들었다. 모찌가

주사를 못 맞아서 죽으면 어쩌지.
주사를 잘못 맞아서 죽으면 어쩌지.

두 가지 고민을 한꺼번에 해결하기에 나는 돈이 없었다. 그래서 아빠가 시키는 대로 모찌의 뒷다리를 잡았다. 그 순간 나는 봤다. 작고 겁먹은 얼굴을. 그래서 주삿바늘이 모찌의 엉덩이에 꽂히기 직전, 내 커다란 손으로 모찌의 몸을 감쌌다. 주사기를 쥔 아빠의 손이 멈췄다.
"왜 그러니?"
"이걸 의사 선생님한테 갖다주면 안 돼요?"

활짝 웃는 모찌.

"그리고 부탁하면 되잖아요. 주사 놓는 거 5초도 안 걸리는데."

"아빠를 못 믿니?"

"그게 아니고… 혹시 모르니까요. 진짜 혹시요."

"내가 잘 놓을 수 있어."

"아빠, 강아지 잘 모르잖아요! 대학교도 졸업 안 했잖아요!"

내가 말하고도 아차 싶었다. 하지만 이미 늦었다. 아빠 주위를 감싸던 따뜻함이 식어 버렸다. 차가워진 아빠는 나를 밀치고 모찌의 목덜미를 잡았다. 그 힘은 걱정하는 마음이었을까, 내 반박에 대한 오기였을까, 끽― 하고 모찌가 비명을 질렀을 때는 이미 새빨간 피가 튄 뒤였다. 아빠는 그제야 정신이 돌아왔다.

현재

"제발 그러지 마세요."

나는 모찌의 뼛가루를 주워 담았다. 엄마는 그런 나를 비웃었다.

"왜. 개새끼가 보고 있을 거 같아?"

"아니에요."

황급히 항아리도 주웠다. 모찌의 그림에 금이 가 있었다.

그 위에는 상표 스티커가 붙어 있었다. '아이펫'. 한 달 전 모찌
와 함께 CF를 촬영할 때만 해도,

아이펫은 한국 최고의 펫보험이래요!
강아지가 실종되면 찾아 주고, 죽으면 장례식도 치러 준
대요!

해맑게 대사를 외칠 때만 해도, 곧 장례식을 치를 줄 몰랐
다. 나와 모찌는 둘 다 어리니까, 죽음과는 거리가 멀 거라고
믿었다. 하지만 '20회 사건' 이후, 사람들은 모찌의 '나쁨'에 분
노했다. 독 피디님이 사람들을 진정시켰다. 하지만 내 편이 돼
준 건 아니었다.

"모찌는 나쁜 게 아니에요. 그저 병에 걸린 거지."

내가 주사를 맞혔다고 얘기해도, 사람들은 모찌가 광견병
에 걸렸다는 피디님의 말만 믿었다. 누군가 청와대에 청원을
올렸다. 병 걸린 개를 죽여 달라고. 그 글은 순식간에 10만 청
원을 달성했고, 정말로 모찌의 안락사 시술 일정이 잡혔다. 나
는 모찌를 안고 성난 도시 밖으로 도망쳤다. 혼자 집으로 돌아
오자 엄마는 고래고래 소리를 질렀다.
"그걸 버려? 안락사 할 거라고 기사 다 냈는데!"

아이펫 아저씨들이 엄마를 안심시켰다. CCTV를 뒤지면 금방 찾아낼 수 있다고 했다.

나는 그것까지 다 계산했다. 그래서 CCTV가 없는 동네 아이에게 모찌를 건넨 거다. 하지만 기어코 아저씨들은 모찌를 찾아냈다. 어젯밤 전화가 왔다. 쓰레기촌에서 굶어 죽어 있는 개를 발견했다고. 나는 마지막 인사만이라도 할 수 있기를 빌었다. 하지만 우리 집에 돌아왔을 때

모찌는 이미 뼛가루가 된 채로 항아리에 담겨 있었다. 그리고 나는 지금 그 가루를 주워 담고 있다. 숨이 안 쉬어지지만, 입술을 깨물고 헐떡거리면서 귀를 막는다. 하지만 엄마의 목소리가 들려온다. 너 낳고 이혼하니까 작품 다 끊겼어. 겨우 육아예능으로 재기하려는데 네 음침함 때문에 근본도 없는 애랑 아침 드라마 찍어. 옛날로 돌아가고 싶어. 재벌가에서 청혼할 정도로 영향력 있던 하윤주로. 방법은 하나야. 너는 젊잖아. 도와줘, 영리야.

"한 번만."

나는 고개를 저었다. 이미 수십 번의 '한 번'이 있었으니까. 나로서는 미안할 이유가 없다. 이럴 줄 알았다는 듯, 엄마는 새 강아지를 사 주겠다는 조건을 내걸었다.

"네가 싫다면 나 혼자라도 육명예능 나갈 거야."

왜 강아지들은 입양 거부권이 없을까. 결국 버려지는 뼈가 되고 그걸 묻는 건 내 몫이겠지. 아니, 나는 버린 적 없다. 모찌를 보호해 줄 평범한 사람을 찾았을 뿐이다. 그 여자애에게 배신감을 느끼지만, 사실 진짜 배신은 내가 했다.

"알았어요, 제가 열심히 할게요."

그래서 나는 한 번 더 패배를 받아들였다.

"그러니까 우리 제발 강아지 사지 말아요. 제가 열심히 육아예능 할게요."

엄마는 매우 흡족한 표정을 지었다.

"그럼 그거 내다 버리고 와. 아웃백 가게."

과거

"하영아… 그게…"

"됐어요. 듣고 싶지 않아요."

모찌는 자기가 아픈 것도 모르고, 걱정스러운 표정으로 나를 쳐다봤다. 꼬리를 흔들었다. 하지만 꼬리의 흔들림과 반대로, 모찌는 갈수록 힘을 잃었다. 아빠가 미안하다고, 사람들한테 빚을 내서라도 병원에 데려다주겠다고 했지만,

나는 모찌를 안고 집을 뛰쳐나왔다. 아빠의 마음에 벌을

주고 싶었다. 하지만 실수였다. 낯선 사람들이 우리를 기다리고 있었다. 그중 한 명이 우리를 보고는 전화기를 들며 소리쳤다.

"찾았습니다. 찾았어요."

나는 물어보고 싶었다. 그 정도로 모찌를 죽이고 싶은가요. 서로 전화를 하면서까지. 어디를 가도 선글라스를 쓴 사람들이 있었다. 똑같이 생긴 사람들이 우리를 점점 좁혀 왔다. 궁지에 몰리니까 별생각이 다 들었다.

아이언맨!
치킨빔!

하지만 슈퍼 히어로는 나타나지 않았다. 다 끝이었다. 그러고 보니 모찌와 처음으로 함께하는 외출인데. 이런 결말이라니. 이럴 줄 알았으면 공부하지 말걸. 그 시간에 함께 놀걸. 배우는 것보다 중요한 건 마음이었는데. 뒤늦게 그걸 깨달은 나는 지금을 만끽하고 싶었지만, 따라잡히고 말았다.

"모찌 주사 맞았어요!"

내가 아무리 애원해도 설득이 통하지 않았다. 아저씨가 내 몸을 밀쳤다. 나는 힘을 잃고 모찌를 떨어뜨렸다. 그런데 기적이 일어났다.

모찌가 달리기 시작한 것이다.

그 순간 모찌가 얼마나 행복하게 달렸는지 사람들이 봤어야 한다. 혓바닥을 내밀고 꼬리까지 흔들면서 폴짝거렸다. 마치 처음으로 자유를 만끽해 본 것처럼 말이다. 어른들은 우왕좌왕하다가 자기들끼리 걸려서 넘어졌고, 순식간에 인간 샌드위치가 만들어졌다. 아, 모찌가 사람으로 태어났다면 분명

럭비 선수가 됐으리라! 모찌는 완벽하게 어른들을 따돌리고는 횡단보도까지 건넜다. 실실 웃음이 나왔다. 나는 재빨리 일어나서 모찌의 이름을 불렀다. 그런데 모찌가 차도를 달리던 순간이었다. 〈도기도기스쿨〉 13회에서 강아지들은 횡단보도 예절에 대해 배웠다. 횡단보도가 빨간불이 되면 재빨리 검은색 차도를 벗어났다. 그럼에도

내가 이름을 부르자, 모찌는 그 자리에 우두커니 멈춰서 나를 바라봤다. 초록불이 아닌 걸 확인했는데도 말이다. 저만치에서 스쿨버스가 오고 있었다. 그때 나는 제정신이 아니었다. 빨간불이었지만 횡단보도를 건넜다. 나를 기다리는 모찌에게 가야겠다는 생각밖에 없었다. 마침내 모찌를 와락 안고 나서야

내 이름도 누군가 부르고 있다는 사실을 깨달았다. 뒤를 도니 아빠가 이쪽으로 오고 있었다. 하지만 버스가 더 빨랐다.

나는 눈을 질끈 감고 모든 걸 받아들였다. 어쩌면 내가 죽으면 사람들이 모찌를 살려 주지 않을까. 사람에게는 동정심이란 게 있으니까. 그러니까 모찌야,

다음 생에는 내가 강아지이든가 네가 사람이든가 둘 중 하나를 하자. 우린 정말 좋은 친구가 될 거야.

그리고 세상이 흔들렸다.

몇 번이고 흔들리는데도, 이상하게 아프지 않았다. 조심스럽게 눈을 떴을 때는 덜컹거리는 버스 안이었다. 버스 안에는 강아지들이 가득했다. 모찌는 벌써 그중 한 마리에게로 가서 인사 중이었다.

"맥스야, 여기 있었개. 정말 미안하개."

"아니라멍. 우리 이제는 싸우지 말구멍."

어리둥절한 내 앞으로 버스기사 아저씨가 다가왔다. 〈도기도기스쿨〉에서 봤던 강아지 쌤이었다. 선생님이 말했다. 위험에 처해 있던 나와 모찌의 영혼을 태우고 도망쳤다고. 이곳은 하늘을 나는 강아지 버스. 정말로

창문을 열고 아래를 보니, 나와 모찌의 뼈가 차도 위에 누워 있었다. 그 앞으로 아빠가 달려오려 하고 있었다. 하지만

사람들에 의해 저지당했다. 이내 구급차가 나타났지만, 우리가 탄 버스가 하늘 높이 떠오르는 바람에 그다음 장면은 보지 못했다.

"하영이가 울고 있개!"

모찌의 목소리가 들려왔다. 동시에 강아지들이 내게로 달려들었다. 나를 눕히고는 마구 얼굴을 핥아 줬다. 나는 울다가 웃다가 너무 간지러워서 다시 울었다. 그사이 눈보라가 내리고 버스는 얼음 구름을 넘어갔다.

돌아오지 않기로 했다.

현재

한참을 아파트 입구에 서 있던 나는 단지 밖으로 걸었다. 아파트 단지에 있는 화단에 묻어도 되지만, 집에 들어가고 싶지 않은 마음이 컸다. 그래서 나는 걸었다. 처음 보는 경치들이 등장했다. 내가 생각할 수 있는 세상의 넓이, 그게 엄마의 손에 결정되었듯이, 강아지가 생각할 수 있는 세상의 넓이, 그것도 나의 손에 결정됐다.

나는 강아지의 신이었다. 밖에 눈이 와도 산책하러 나가지 않으면 여름이었다. 우리 집은 절대 춥지 않으니까. 에어컨을 빵빵하게 틀었다고 겨울이 아니니까, 모찌는 계절을 다 만나지 못하고 죽은 셈이다. 그리고 지금 나는, 눈이 쌓인 거리에 서서 표지판을 바라보고 있다.

[쓰레기촌]

품에는 유골함과 뼈 간식을 안은 채였다. 그리고 고작, 쓰레기인가 재활용쓰레기인가를 고민하는데, 웬 아저씨가 다가왔다. 나는 본능적으로 뒷걸음질을 쳤다. 아저씨는 침울한 표정으로 내게 전단지를 건넸다. '교통사고 진상 규정' 서명을 도와달라고 했다. 방송국에서 사건을 조작하려 든다고 했다. 나는 할 줄 모른다고 했다.

"이름만 적어 주면 돼. 부탁할게."

눈에서는 눈물이 줄줄 흐르고 있었다. 그 바람에 버리는 것을 깜빡했다. 서둘러 쓰레기촌을 빠져나온 나는 손에 뼈 간식과 유골함… 그리고 전단지를 쥔 채로, 어디로 가야 할지 몰랐다. 말은 제주도로 보내고, 사람은 서울로 보낸다던데

뼈는 어디로 보내야 하는지.

고민하는 내 발을 무언가 간질였다. 내려다보니 앙상한 강아지들이 내 주위에 모여 있었다. 내 품에 안겨 있는 뼈 간

식의 냄새를 맡은 거다. 쿵쿵. 익숙한 소리였다. 모찌도 뼈를 좋아했으니까. 양 뼈, 사슴 뼈, 가리지 않았다. 그걸 생각하니 다시 한번 화가 나지만,

나는 안 하려고 한다. '개새끼'라는 욕을. 화를 내도 바뀌는 건 없을 테니까. 그저 걸었다. 개들은 내 뒤를 졸졸 따라왔고, 그렇게 우리는

다 함께 한강에 도착했다. 물가 앞에 도착해서야 나는 주저앉을 수 있었다. 정말 끝이라는 생각에 눈물이 나왔다. 이윽고 내 의중을 파악한 개들은 짐짓 아쉬운 표정을 지으며 흩어졌다. 몇몇은 미련을 버리지 못하고 계속해서 내 주위를 서성였다. 하지만 나는 내 사랑이 사랑하는 뼈를 건네줄 수 없다. 설령 그것 때문에 누군가 굶어 죽는다고 해도,

몇 번이고 똑같이 행동했을 것이다. 어쩌면 수많은 뼈가 가라앉아 있을 한강 위에, 모찌의 뼛가루와 함께… 모찌가 좋아하던 뼈 간식을 내려놓으며 나는, 일순간 물속으로 함께 걸어 들어갈까도 생각했지만,

엄마는 내가 죽으면 '가엾은 중견배우' 이미지를 구축할 사람이다. 엄마는 행복해선 안 된다. 그래서 나는 살아남을 것

이다. 이제부터는 할 수 있는 모든 걸 다 할 것이다. 나 같은 아이들이 더 생기지 않을 수 있다면 무엇이든 하겠다고 다짐하며 마지막으로, 정말 마지막으로 울었어요.

더 나은 **미래**[8]를 위해.

---

8 〈자본주의 골든벨〉에서 계속됩니다.

손만 잡고 쿨쿨

"성인아, 허리 잡아 봐."

"어, 어? 어!"

나는 솔미의 목덜미에서 손을 떼고 내 허리를 잡았다. 영문도 모른 채 액션가면 된 느낌이었다. 솔미는 그런 나를 경멸에 어린 눈초리로 바라봤다.

"뭐 하냐?"

그 순간, 노래방 MR이 꺼졌다. 인기 트로트 가수의 발랄한 목소리가 흘러나왔다.

재밌게 노셨나요? 어머~ 오늘은 끝~ 다음에도 와주세요옹~

"더 넣을까?"

그 순간, 솔미의 눈동자 안에서 흥분이 가시는 게 보였다. 기회가 날아가고 있었다. 엄마 몰래 '청소년 클럽'에 갔던 날들이… 무의미해지는 거야? 안 돼, 그럴 순 없기에… 나는 솔미의 손을 잡고 진심을 토로했다.

"좋아해."

"닥치고 빨리 넣어."

어머, 다시 오셨군요~

"그…거 말고."

"어?"

이윽고 나는 그 말에 담긴 뜻을 알아챘다. 솔미가 나를 사랑하긴 하는구나. 그토록 기대했던 순간이지만 막상 닥치니 어떻게 해야 할지 몰랐다. 솔미가 빨리 시작하라고 명령했다. 나는 최신 차트 열 곡을 예약해 놓고, 주섬주섬 옷을 입었다.

"뭐 사다 줄까?"

솔미는 한참 동안 그 말의 의미를 알아채지 못했다. 이윽고

"너 미친, 지갑에 그것도 없어?"

마이크에 대고 소리쳤다. 에코 덕분에 소리가 10번도 넘게 울렸다. 그것… 그것… 그으것…

"미, 미안해… 진짜 3분 만에 다녀올게."

"마하반야바라밀다…"

"안 돼… 평온해지지 마… 제발…"

솔미가 컵라면에 뜨거운 물을 부으며 말했다.

"시작."

허—억.

헉, 히익, 하악, 아항, 에헷, 이힛, 예르, 오힛… 쯤에서 나는 숨소리를 멈췄다. 여러분이 뭘 기대했는지 모르겠지만, 달려서 편의점까지 왔을 뿐이다. 그런데…

['성교육 의무 법안'으로 인해 콘돔은 자판기에서 판매합니다.]

자판기는 편의점 밖에 있었다. 그 앞으로 가는 데만 20초가 지났으니, 나는 서둘러 지문인식을 했다. 현금을 넣었다. 그런데 아무것도 나오질 않았다. 갑자기 자판기 LED 패널이 빛나더니, 새로운 창이 뜰 뿐이었다.

["콘돔을 처음 사시는 분이군요. 지금부터 성교육을 시작합니다. 모두 이수하셔야만 콘돔을 구매하실 수 있습니다."]

강의는 무려 15분짜리였다. 나는 번화가 길거리에 서서 그걸 끝까지 봐야 했다. 그런데 강의뿐만이 아니었다. 시험도 있었다. 나는 불어터질 컵라면을 아까워하며 딴 생각을 했는데, 갑자기 LED 패널이 한 번 더 빛나더니 문제가 나왔다.

["80점 이상을 맞으셔야만 이수 완료됩니다."]

스마트폰으로 검색하는 사이에 제한시간이 지났다. 그렇게 자판기가 꺼졌고, 돈은 반환되지 않았다. 나는 당황한 나머지 자판기를 쾅쾅 쳤다. 그 바람에 사람들이 몰려들었다. 문제는 그중에 '청소년 보안관'도 있었다는 사실이다.

"잠깐만, 자네. 앳돼 보이는데… 몇 살이신가?"

작년. 도서관 휴게실에서 키스를 하던 청소년 커플 영상이 CCTV를 통해 퍼져 나가면서 '청소년의 음란함'이 사회문제로 떠올랐다. 국가에서는 '청소년 스킨십'을 불법으로 지정했다. 그리고 각 동네마다 '청소년 보안관'들을 선발했다. 당연히 청소년들은 반발했다.

우리도 즐기고 싶은데.

그래서 국가에서는 청소년 클럽을 곳곳에 만들었다. 정

원한다면 한정된 곳에서만 허용해 주마! '경제 자유 구역'과
같은 '스킨십 자유 구역'이었다. 그곳에서는 매우 교육적인 노
래들이 흘러나온다.

활성 없는 나는 아르—곤.

그래서 춤을 추다가도 흥분이 다 식어 버리고 말았다. 대
안은 코인 노래방이었다. 다들 '청소년 클럽'에서 눈이 맞으면
2차로 '코인 노래방'에 갔다. 물론 거기서도 쉽지 않았다. 사랑
을 나누는 와중에 문이 벌컥벌컥 열리기 일쑤였다. 만약 문밖
에 '청소년 보안관'이 서 있다면,

경고 1회를 받는다. 10회 누적 시에는 징계 대상이다. 징계
를 받은 청소년들은 '보호 관찰소'로 보내진다. 물론 당신이 만
19세 이상이라면 신경 쓰지 않아도 될 얘기다. 하지만 나는,

"열여덟 살…이요."

경고가 1회 더해졌다. 그건 상관없었다. 어차피 순결상[9]

---

9   결석하지 않은 학생에게 개근상이 주어졌듯. 성인이 되기 전에 한 번도 음란 경고를 받지
     않으면 '순결 자격증'을 받을 수 있다. 어떤 상견례에서는 '순결 자격증'이 있는지 없는지
     검사한다는데. 믿거나 말거나.

받기는 애저녁에 글렀으니까. 문제는 솔미가 기다리고 있다는 거다.

황급히 노래방으로 돌아왔다. 하지만 솔미는 없었다. 어반자카파 노래의 MR만 쓸쓸히 울리고 있었다. 당장이라도 용서를 구하고 싶었지만, 곧 엄마와 약속한 외출 금지 시간인

오후 9시였다.

집으로 돌아와서 휴대전화를 반납했다. 그리고 다음 날, 아침이 밝자마자 솔미에게 전화를 걸었다. 하지만 받지 않았다. 그게 이제 나를 손절하기로 마음먹어서인지, 독서모임을 하는 시간이라 그런 건지 알 수 없었다. 그래서 도서관에 갔다.

다행히 솔미는 제3회의실에 있었다. 다섯 명의 사람들과 함께였다. 나는 낭독을 방해하지 않기 위해 조심스레 문을 닫았다. 하지만 끼익— 하는 소리가 울리고 말았다. 이윽고 사람들이 고개를 돌렸고, 솔미는 당황한 기색이 역력했다.

"절대… 여기 오지 말라고 했잖아!"

솔직히 그때는 속상했다. 나도 책 읽는 거 좋아한다. 하지만 솔미는 독서토론에 나를 끼워 주지 않았다. 그건 이해했다. 솔미도 사정이 있을 테니까. 하지만 구경도 안 되는 거야?

그런데 나는 이윽고 그 이유를 알 수 있었다. 내게 등을 돌린 솔미가, 한가운데 앉아 있는 남자에게 선언한 것이다.

"실은… 저 남자친구 생겼어요."

수많은 드라마와 소설을 본 덕분에 나는 그 대사가 무엇을 의미하는 줄 알았다. 이야기 속에서는 이런 순간에 분노하던데, 나는 이상하게 전혀 화도 나지 않았다. 그저 미안했다. 그러거나 말거나. 침울한 나와 달리 사람들은 잔뜩 신이 났다.

"솔미 씨, 축하해요."

"흑흑. 저는 이제 클럽에서 추방인가요?"

"네? 무슨 소리예요. 무성애자는 성에 흥미를 못 느낄 뿐, 연애를 하지 않는 게 아니에요."

그런 말은 드라마와 소설에서 들은 적 없었다. 그래서 나는 뚱한 펭귄처럼 멀뚱히 서 있었다. 솔미가 다시 등을 돌려서 내게로 왔다. 그리고 손을 잡았다.

"성인아, 미안해. 어제 가 버려서 화났지…"

"아니야. 나라도 한 시간은 못 기다렸을 거야…"

"어? 그게 무슨 소리야?"

그리고 드러나는 허무한 진실. 솔미는 나를 기다리지 않았다. 내가 노래방을 나가자마자 함께 나왔던 거다. 이유는 나와 하고 싶지 않아서. 하지만 그게 나를 싫어한다는 의미는 아니었다. 나도 안다. 그 느낌. 그걸 표출하는 순간 돌아오는 반응도 안다.

"넌 날 안 사랑하는구나."

전 여자친구에게 그런 말을 들은 이후부터 지나치게 모르는 척하는 건 나의 방어 수단이었다. 솔미는 지나치게 잘 아는 척을 했다고 한다. 하지만 더는 그럴 필요 없었다. 우리는 지금 독서토론이 아닌 무성애자 모임 Aven에 와 있었으니까.

"성인아, 나 때문에 억지로 그러지 않아도 돼."

"아니야, 진짜로… 나도 그랬어."

그리고 우리는 서로를 좋아한다. 그것 말고 중요한 건 없다. 그게 내가 화곡시티 무성애자 모임 Aven에 가입하겠다는 이유이고, 사람들은 박수를 치며 반겨 줬다. 나와 솔미는 포옹을 했다. 이렇게 마음 편하게 스킨십을 한 건 처음이었다. 이건 다음 단계로 가기 위한 모션이 아닌 그저 포옹일 뿐이었으니까. 그런데 갑자기 도서관 문이 열렸다. 그리고 익숙한 호루라기 소리가 들려왔다.

"적발 완료. 경고 10회 누적. 당신들을 긴급 체포한다."

삐—익.

방심했다. 적발된 청소년은 일주일 동안 '청소년 보안관'들의 추적을 당한다는 것을 잊었다. 그 바람에 수갑이 채워졌다.

"너도?"

"나도!"

나와 솔미는 수갑을 찬 채로 경찰차에 태워졌다. 꼼짝 없이 '보호관찰소' 행이었다. '음란한 청소년들을 격리시키기 위한 목적'으로 세워진 플레이스. 그렇기에 우리는 도착하자마자 교육을 받았다. 두 시간 동안 '문란하게 지내다 인생 망친 사람들'의 인터뷰를 담은 비디오를 봤다. '섹스'라는 단어를 듣는 것만으로 심장이 쿵쾅쿵쾅 뛰었다. 부정맥이 올 것 같았지만 겨우 참아 냈는데, 앞으로 퇴소하기 전까지 매일 이런 교육을 여섯 시간씩 받아야 한단다.

"언제 퇴소할 수 있나요?"
"네가 성인 되면."

그러면 나는 지금 열여덟 살이니까… 앞으로 2년이나 더 갇혀 있어야 하는 거야? 군대야? 억울했지만 내 음란함이 내 발목 잡은 거니 하소연할 수도 없었다. 하지만 이곳의 나쁜 점은

남자 청소년 수용소와 여자 청소년 수용소가 격리돼 있다는 것이다. 때문에 솔미와 나는 점심시간 및 휴식시간 한 시간 말고는 만날 수 없었다. 견우와 직녀가 된 기분으로

매일 점심시간 이후, 제3휴게실에서 우리는 만났다. 처음에는 서로를 의지했지만, 갈수록 활기를 잃었다. 솔미가 한숨을 쉬며 내 손등 위에 손을 올렸다. 그때 문이 열렸다. 우리는 화들짝 손을 놓았지만, 이미 간수가 그런 우리를 쳐다본 뒤였다. 하지만 그는 우리를 처벌하기 위해 온 게 아니었다. 나를 찾는 누군가가 있단다.

면회실에는 엄마가 앉아 있었다. 내게 잔뜩 욕을 퍼부어 주려고 왔구나 싶었다. 그런데 정반대였다. 엄마는 나를 구출하러 온 거였다.

학사경고 받은 대학생의 집으로 우편물이 날아가듯, '보호관찰소'로 가게 된 청소년의 집에도 우편물이 날아간다. 종이 안에는 청소년이 어디에서 어떤 음란한 짓을 벌였는지에 대한 내용이 다 적혀 있다. 엄마는 눈에 불을 켜고 나의 열 가지 '음란한 짓'을 읽었고

그중 하나가 잘못됐다는 사실을 알았다. 청소년이 콘돔을 구매하는 건 불법이 아니다. 보안관들이 잘못 알고 나에게 경고 먹인 거였다. 엄마가 '보호관찰소'까지 와서 고래고래 항의를 한 덕에 내 누적 경고는 10회에서 9회로 줄어들었다. 근데 엄마가 청소년 콘돔 합법인 건 어떻게 알지?

아무튼 충분한 이유만으로 나는 석방이었다. 하지만 나가고 싶지 않았다. 소리치며 솔미를 불렀다. 쫓겨나지 않으려고 문고리를 붙잡았다. 그러나 보안관들이 뿅망치로 내 손을 내리쳤다.

"썩 꺼져, 청결한 자식아."

"성인아!"

"솔미야! 내가 꼭 구하러 올게―에."

에―에.

그리고 나는 조수석에 갇혔다. 운전석의 엄마는 말없이 운전만 했다. 그게 나를 공포에 질리게 만들었다. 우리 엄마는 매일 내게 말했다. 언제나 여자 조심하라고. 사랑은 마치 불장난 같아서 다치니까,

성인이 되기 전에 연애하지 말라고. 성인이 돼서도 엄마가 정해 준 사람만 만나라고. 지키지 않았다간 ·

정관수술을 시킨다고 겁을 줬다. 하지만 나는 사랑을 하고 싶었다. 그래서 지난 1년 동안 잘도 엄마를 피해 다니며 사랑을 나눴다. 그걸 회상하고 있는데 갑자기 차가 멈췄다. 도착한 곳은 산부인과 앞이었다.

"어, 어머니. 설마 진짜…"

"내려! 이 쪽팔린 자식아."

누군가 나를 구해 주길 바랐다. 적어도 의사선생님이라면 내 편을 들어 줄지 알았다. 하지만,

"아이가 성인되기 전에 수술시키는 부모는 매년 있죠."

의사 선생님은 눈도 깜빡 하지 않고 정관수술에 대해 설명했다. 덕분에 기술은 발전을 거듭했고, 이제는 칼을 대지 않고도 20분 만에 끝나는 '무도 정관수술'이 생겼단다.

앵?

그걸 알게 되자 지난 십수 년간 나를 감싸고 있던 공포가 사라졌다. 내가 엄마의 협박에 겁내던 건, 칼이 아플까 봐서지. 고작 남성 호르몬을 잃을까 봐서가 아니었다. 그래서 엄마가 시키는 대로 수술대 위에 올라갔다. 그러자 오히려 엄마가 당황했다.

"뭐야. 왜 반항 안 해."

"저도 정관수술 받고 싶었어요."

저 수술을 받으면 귀찮게 그곳이 가득 차 있는 느낌이 사라지는 게 아닐까. 그 모든 이유를… 숨겨 왔던 나를 솔직하게 말했다.

"…너 이런 애 아니었잖아. 도대체 보호관찰소에서 무슨

일이 있던 거니."

"아무 일도 없었는데요."

하지만 엄마는 내 말을 듣지 않았다. 절대로 수술에 동의할 수 없다며 억지를 부렸다. 아니, 조금 전까지 난리 쳤으면서 왜 그러세요?

"아이는… 낳아야지."

이윽고 나는 지난 몇 년간 엄마의 연설이 고작 나를 겁주려는 것에 불과했다는 걸 깨달았다. 하지만 어쩌겠는가. 나는 당당하게 해부대로 올라갔다. 그런데 의사 선생님은 곤란한 표정이었다.

"청소년은 부모가 동의 안 하면 맹장수술도 못 한다네."

어느새 처지가 바뀌었다. 오히려 내가 애원하고 있었다. 엄마는 자신을 이기려 들지 말라며 나를 산부인과에서 끌어냈다. 하지만 나는 고작 엄마를 이기려고 이러는 게 아니다.

"그러면 도대체 왜 이러는데!"

"전 무성애자거든요."

그 말에 엄마는 더 화가 났다. 정신 차려라. 마음이 허한 걸 그딴 말 같지도 않은 단어로 채우려는 것이냐. 세상에 그게 싫다는 동물은 너뿐일 거다! 그래서 나는 친구들을 불렀다.

똑—똑.

"안녕하세요, 화곡시티 무성애자 모임 회장 김무성입니다."

"…"

"…"

엄마는 뒤로 발라당 넘어졌다. 그 상태로 이틀 동안 앓아 누웠다. 겨우 깨어난 뒤에는 세상 떠나가라 울었다.

"이… 이… 우리 아들이 그럴 리 없어!"

'청소년 보안관'들을 불러다가 하소연을 했다. 하소연은 곧 분노로 바뀌었다. 너희 우리 아들한테 무슨 짓을 한 거야. 나는 그 싸움을 놔두고 집을 나왔다. 도서관 갈 시간이었기 때문이다. 하지만 오늘은 스터디를 할 수 없었다.

"솔미 씨가. 그런 환경에 놓여 있다니…"

"얼마나 고통스럽겠어요. 당장 구해야 해요."

대책을 마련하는 것만으로도 바빴다. 일단은 보안관들에게 찾아가서 항의하자고 결론을 내렸다. 그런데 그 순간, 거짓말처럼 회의실 문이 열리고 보안관들이 들어왔다. 호랑이 제발 메타에 우리는 깜짝 놀랐다.

"보안관님도 무성애자 클럽에 가입하시려고요?"

"너 정말 편견 없구나. 하지만 나는 건강하단다."

"점잖게 무례하시네요. 그럼 왜 온 건데요?"

우리가 무슨 공부를 하는지 궁금해서란다. 아마도 무성애자를 '성 기능 장애' 모임 정도로 예상한 모양이었다. 뭐, 충분히 그럴 수 있다. 공부를 하면서 잘못된 생각을 고쳐 나가면 되니까. 하지만 오히려 공부를 하고 나니,

"진짜로… 싫다고?"

보안관들은 총 맞은 표정이었다. 그리고 우리는 매주 그 표정을 보게 됐다. 보안관들은 우리의 얘기를 듣지도 않는 주제에 매주 찾아와서 트집만 잡았다. 그사이 언론의 힘을 빌린 엄마 덕분에 내가 무성애자가 됐다는 사실이 전국 각지로 퍼져 나갔다.

[강압적인 성교육! 건장한 청년을 고자로 만들다! 이대로 괜찮은가!]

크흑. 자극적인 타이틀과 함께 말이다. 내가 아무리 해명해도 엄마는 '무성애자'라는 개념을 믿지 않았다. 그건 보안관들도 마찬가지였다. 다들 '에이섹슈얼'이 사회 분위기 강압에 의해 만들어진 정신질환이라고 생각했다. '성교육'을 제대로 받지 못해서 '성에 관심이 없는 것'이라고 치부했다. 그러니 "모

든 청소년이 무성애자가 되기 전에 보안관들은 책임져라!"라는 기사도 나올 수 있는 거겠지. 그런데

어느 날. 회의실 문이 열리더니 솔미가 들어왔다. 그게 보안관들의 첫 번째 '책임'이었다.

"이제 다 해방이야!"

'보호관찰소'를 없애기로 했단다. 또한 '청소년 스킨십 금지법'도 함께 폐지된다. 더는 콘돔, 피임 등을 말하기 힘든 조선시대 성교육은 하지 않겠다. 새로운 시대의 성교육을 위해 다양한 청소년들을 소집 중이다. 거기 Aven이 와 줬으면 좋겠다.

라고 솔미를 뒤따라온 보안관들은 말했다. 그리고 김무성 씨와 사람들을 데려갔다. 회의실에는 나와 솔미만 남겨졌다. 혈기왕성한 청소년 단둘이 도서관 회의실에 남겨지면 무얼 할까.

뭘 하긴 뭘 해.

마저 스터디 하지.

그런데 공부를 끝내고 나오니, 마치 MBC 아침 8시 드라

마의 한 장면처럼 도서관 밖에서 엄마가 우리를 기다리고 있었다.

우리는 그대로 근처 카페로 끌려갔다. 엄마는 솔미에게 꼬치꼬치 캐물었다. 첫 질문부터 괴랄했다. 부모님 뭐 하는 분이냐고 물었다. 솔미가 화곡시티 보육원에서 산다고 대답하자 엄마의 얼굴이 어두워졌다. 못 배운 애구나. 그런 소리 할까 봐 나는 반격 준비 중이었는데,

"그러면 많이… 힘들었겠구나."

엄마는 갑자기 본인이 제왕절개로 나를 낳은 이야기를 꺼냈다. 쇼미더머니 결승곡을 듣는 느낌이었다. 어른들은 왜 자신의 이야기로 남을 위로할 수 있다 생각하는 걸까. 그런데 솔미가 눈물을 흘렸다. 그게 엄마를 변화시켰다. 하지만

말하는 톤을 바꾼다고 해서 그게 좋은 얘기가 되는 건 아니다. 둘이 꼭 결혼해서 행복하게 살아라. 아이도 낳고. 그 잔소리에 나는 또 실망하고 말았다.

그러면 그렇지.

결국 엄마와 내가 말이 통하는 건 둘 중 하나가 포기할 때만 가능한 일이다. 그런데 갑자기 엄마가 돈을 내밀었다.

"더는 숨기면서 연애하지 마. 이제 엄마가 지원해 줄게."

무슨 결혼도 안 한 청소년들한테 신혼여행을 가랜다. 나로서는 믿기지 않은 광경이었다. 엄마는 여행을 하다 보면 내 생각이 바뀔 거라고 조언했다. 그렇게 코인 노래방에 숨어서 사랑을 나누던 우리는 당당하게 제주도행 비행기에 올라탔다.

슈—웅.

제주도에 도착하고 나서야 돈의 출처가 엄마 지갑이 아닌 국가 지원금이었다는 사실을 알았다. 공항에 청소년 보안관들이 마중 나와 있던 것이다. 못 본 척 지나치려 했는데,

"안녕하세요, 청소년 사랑 카운슬러입니다."
"보안관이잖아요."
"아닙니다. 새로 태어났습니다."
"네?"

그러고는 갑자기 본인들의 과오를 반성했다. 성욕을 잃어버린 내 모습을 보고 슬펐다고. 그래서 사랑을 단속하는 보안관이 아닌, 응원하는 카운슬러로 다시 태어났다고. 나와 솔미는 청소년 사랑 카운슬러의 도움을 받을 1호 커플 중 하나라고. 우리는 분명 필요 없으니까 꺼지라고 했는데,

정신을 차려 보니 셔틀버스 안이었다. 카운슬러님이 마이크를 들었다. 앞으로 2박 3일 동안 우리를 비롯한 청소년 커플들은 Aven을 비롯한 청소년 인권 단체들이 다 함께 만든 데이트 코스대로 여행할 거란다. 감귤껍질로 커플링 만들기. 돌하르방으로 베개싸움하기. 오리배 타고 마라도 가기. 솔직히

별 기대 안 했는데, 여행 자체는 제법 만족스러웠다. 크루즈로 바다 위를 항해하고, 저녁에는 특별 공연까지 있었다. 10대 청소년을 대표하는 아이돌 가수 주이였다. 보건보육부의 지원을 받아 만든 신보를 우리 앞에서 처음 공개한단다. 나는 기대했다.

대학교에 갈 거야
이유는 키스로드~[10]

명문대가 아닌 거야
없다면 키스로드~

그런데 이건 좀… 두 번째 노래는 더욱 가관이었다.

---

10 〈자본주의 골든벨〉에서 계속됩니다.

스타벅스에서는 브론즈지만

CGV에서도 브론즈지만

야놀자만은 VIP지, 나

그때부터 뭔가 잘못되고 있다는 생각이 들었다. 세 번째 무대 와중에 백댄서들이 객석으로 내려와서 선물 상자를 나눠 줬다. 안에는 성인용품이 들어 있었다. 차마 묘사하고 싶지도 않다. 김무성 씨가 정말 이런 데이트 코스를 짰다고? 나는 극장에서 빠져나와서 전화를 걸었다고,

"아, 그거? 그냥 동의했는데?"

수화기 너머의 김무성 씨는 무섭도록 뻔뻔했다. 보건보육부로부터 받은 공로금을 자랑했다. 데이트 코스는 물론, '새로운 성교육'에서 무성애를 다루지 않는 데 동의한 대가였다. 또한 자신들은 보안관, 아니 청소년 카운슬러의 노력 덕분에 성욕을 되찾았다는 인터뷰까지 하기로 했단다.

"어떻게 이러실 수가 있어요."

"어쩔 수 없제. 성교육은 출산율 땜시 하는 건데."

전화를 끊고 콘서트홀로 돌아오자 카운슬링이 이어졌다. 우리를 담당하는 카운슬러는 쓸데없는 질문을 잔뜩 던졌다. 손 몇 번 잡았니. 오늘 밤에 뭐 할 거니. 그러다 보니 마침내 호텔로 돌아왔을 때

나와 솔미는 잔뜩 진이 빠진 상태였다. 카운슬러가 우리 사이 분위기를 완벽히 조져 놨다. 정말 우리가 잘못된 걸까. 안 해 봐서 모르는 걸까. 아아. 이 찝찝함을 다시 느끼게 되다니. 혹시 솔미도 나와 같은 생각인 걸까. 그래서 나는 연기를 했다.

"솔미야, 허리 잡아 봐."

"어, 어? 어!"

처음으로 자신감 넘치는 태도를 내비쳤다. 항상 더 잘 알고, 더 강하던 솔미처럼. 하지만 그랬던 솔미의 입에서

"성인아… 이건 아니야."

라는 말이 나왔을 때, 나는 역시나 잘못된 건 우리가 아니라는 사실을 실감했다.

"…그렇지."

그때부터 더 이상 지성인과 황솔미를 나누는 건 의미가 없어졌다. 우리는 같은 주제로, 같은 정체성으로 대화를 나눴다. 우리는 그저 로맨틱하고 싶었다. 당연히 서로를 만나기 전에도 애인이 있었다. 모든 연애의 끝은 같았다. 사랑하면

하고 싶은 마음이 드는 건 당연한 거 아냐? 그런 말을 들은 이후부터 지나치게 잘 아는 척[11]하는 건, 모르는 척[12]하는

---

11   "성인아, 허리 잡아 봐."
12   내 허리를 잡았다.

건 우리의 방어 수단이었다. 언제나 그거를 하기 직전에 이별을 고했고, 마음속에는 죄의식이 남았다. 하지만 괜찮다. 이제 우리에게는 Aven이 있다는

솔미에게, 나는 김무성 씨와의 통화 내용을 보고할 수밖에 없었다. Aven이 매수됐어.

"우리 같은 사람은 우리뿐인가 봐."

"나약한 소리 하지 마."

그런데 솔미의 태도가 돌변했다. 김무성 씨의 배신이 솔미에게는 동력이 됐다. 지금 우리가 다시 연기를 시작하면 그 인간과 같은 사람이 되는 거야. 드라마를 따라 하는 사랑은 하지 말자. 우리는 우리를 지켜 내자. 그래서 그 인간들이 다시 돌아오게 만들자. 그게 복수이자

품격인 거야. 세상은 우리를 못 배운 정체성 취급하지만, 우리는 반드시 증명해 내겠다. 그걸 위해 세상이 규정하지 않은 공부를 시작했다. 결국 증명은 우리 같은 사람을 더 많이 찾아내면 가능해지는 일이다. 고로 이것은 나를 알고 남을 알고, 우리를 모으기 위한 스터디였다. SNS에 해시태그를 넣어 가며 여러 가지 정보를 살폈다. 그리고 우리가 만들고 싶은 게

로맨틱 에이섹슈얼, 오토코리 섹슈얼, 죄송하지만 데미섹

슈얼은 열외에 해당하는

청소년들을 위한 모임이란 걸 알았다. 거기까지 하고 나
니 오늘치 뇌세포는 다 사용한 느낌이었다. 어느새 동이 트고
있었다. 우리는 황급히 등을 돌리고 누웠다. 내일 아침 일정은
'마라도'였으므로 일찍 자야 했다. 머릿속으로 양을 세었지만
가슴이 두근거려서 자꾸만 몇 마리까지 셌는지 까먹기 일쑤
였다. 이렇게 만족스럽게 섹스 안 한 건 처음이었으니까.

대학교육 (Intermission 2)

중앙일보 대학평가

3년 연속 낙성대학교 1위

서울대학교 에브리타임 자유게시판 20XX-01-01 20:20

    중앙일보 대학평가에서 올해에도 낙성대가 1위를 차지했다. 평가는 취업률, 졸업 후 소득 수준 및 성과, 평판도 등 4개 부문 33개 지표, 300점 만점으로 이뤄졌다.

3
부

서울을 지켜라 샤샤샤

아버지는 '배달의민족'이었습니다. 언제나 콜이 오면 달려 나갔죠. 저의 'PC방 학교' 졸업식 날도 그랬습니다. 그날, 아버 지는 큰마음 먹고 저를 VVQ 치킨뷔페에 데려갔는데, 하필 한 시간 웨이팅이 끝나고 자리에 앉자마자 콜이 울렸습니다.

"아… 강동구요? 네, 그럼요. 따릉이 타면 금방이에요. 사 장님. 하하… 언제나 감사합니다."

제가 치킨을 잔뜩 담아서 오니, 아버지는 잠바를 입고 계 셨죠.

"어디 가쎄용?"

"금방 올게."

저는 울상이 됐습니다. 아버지도 함께 무한으로 즐기면 좋을 텐데. 그래서 최대한 천천히 먹기 시작했습니다. 웨이팅

줄 서 있는 인간들이 째려봐도,

· 한 접시 더!

아버지가 바나나 껍질을 밟고 넘어져서 병원에 실려 갔다는 사실도 모르고 꾸역꾸역 먹었습니다. 여섯 시간 동안 무한 리필을 즐겼습니다. 다음 날이 돼서야 아버지가 병실에 있다는 사실을 알았죠. 배탈 나서 병원에 갔더니 거기 아버지가 있던 겁니다.

"뭐예요!"

"학이야…"

내 인생이 스피드전인 줄 알았는데, 아이템전이었더구나. 저는 아버지 신발 밑창에 붙어 있는 바나나 껍질의 흔적을 보면서, 야속한 현실에 눈물을 흘렸습니다. 만약 아버지가 따릉이가 아닌 벤틀리를 타고 배달 갔다면, 우리 부자가 아플 일이 있었을까요. 아버지는 그저 열심히, 열심히 서울을 달렸을 뿐인데…

"여기까지가… 끝인가 보구나…"

"아, 아버지… 그런 말 마세요…"

"너를 위해 보험은 들고 죽으려 했건만…"

"안 돼, 안 돼… 안 돼애애애!"

삐이이이이—.

*

그래서 학원 선생님은 아버지가 그때 돌아가신 줄 안다.

자,

지루하고 칙칙한 얘기 듣느라 고생 많았다. 진짜 얘기는 내가 저 수필을 가지고 '화곡문예학원'에 합격하면서부터가 시작이다.

"이건… 이건 정말 문학적이야…"

선생님은 특히나 '보험' 부분을 좋아하셨다. 근데 사실 그것도 뺑이다. 우리 집은 애초부터 4대 보험을 들었다. 그래서 자전거 등받이에 있던 치킨들이 차도로 날아가던 순간,

"아… 저기에 내가 있었어야 하는데…"

하고 아버지는 생각했단다. 치킨 박스는 그대로 스노우 타이어에 깔렸다. 덕분에 아버지는 보험금 대신 3단 징계(배달 실패, 고객 음식 훼손, 따릉이 제때 반납 안 함)를 받았고, 그 결과는 3년간 직무정지였다. 평생을 '배달의민족'으로 살았는데, 이제는 어떻게 먹고살아야 하나. 고민하던 찰나에 내가 '화곡문예학원'에 합격한 것이다.

"왜 기술이 아닌 문학 따위를 배우려는 거냐!"

"기술 학원들 다 떨어졌어요."

"미안하다."

하지만 인생은 아이러니하다. 망한 줄로만 알았던 내 삶이, 문학을 시작하면서부터 활짝 폈다. 3년 동안 나는 각종 문예공모전을 휩쓸었다. 몇천만 원의 상금을 벌었다. 시상식은 언제나 화려한 도시에서 열렸고, 나는 집에 돌아오는 길마다,

외제차 매장 앞에 멈췄다. 날개 달린 마크를 하염없이 바라봤다. 아버지, 약속할게요. 언젠가 아버지가 다시 배달을 할 때는 꼭 저 쇳덩어리와 함께 다닐 수 있게요. 그러니

'자신에게 슬픔이란 무엇인가', '문학이 세상에 무얼 할 수 있는가', 그딴 과제할 시간 없다. 입금될 일 없으면 쓰지 않는다.

선생님들은 탐탁지 않아 했다. 학이야, 네가 입학할 때 보여 줬던 진심을 잊지 마. 하지만 글은 진심으로 쓰는 게 아니다.

신내림으로 쓰는 거지.

누군가는 이 말을 비웃을 거다. 하지만 정말이다. 종종 내 꿈에는 문학 신이 등장한다. 나는 선택받은 아이다. 그분이 주신 응원과 기운 덕분에 글을 쓰면서 '벤틀리를 위한 계

좌'에 돈을 쌓아 둘 수 있었고, 어느덧 목표한 금액까지 200만 원이 남았다. 그리고 운명처럼 보게 되었다. 200만 원짜리 공모전을.

2호선 서울대입구역의 새로운 역명을 공모받습니다.

상금: 222만 원

본인이 생각하는 역명과 함께 간략한 사연을 적어 주세요.

1차 합격자들을 대상으로 2차 사연 면접이 진행됩니다.

이때 유튜브 업로드를 위해 촬영이 진행될 수 있습니다.

자,

그래서 내가 여기 서 있다. 서울특별시 관악구 봉천동. 역 위로 올라오니, 매캐한 풍경이 나를 반긴다. 부서진 샤 모양 구 조물과⋯ 붕괴된 건물들. 도대체 이곳은 도시인가, 전쟁터인 가. 왜 무장경찰들이 있는지. 나는 왜 그걸 보고 겁을 먹는지.

그래도 생각해야 한다.

영감을 찾아야 한다. 기운을 받아야 한다. 200만 원을 위 하여 머리를 굴리는데,

"얼굴이 똑똑해 보이세요."

누군가 내 집중을 깼다.

"저는 공부하는 사람입니다."

"네, 열심히 하세요."

놈은 거머리처럼 따라붙었다.

"함께 공부하러 가요."

말로만 듣던 도쟁이였다. 이 새끼들 때문에 한국 관광산 업이 망했지. 외교부를 대신해서 먹살이라도 잡고 싶은 심정 이었으나, 그러기엔 주변에 깔린 무장경찰들 눈치가 보였다.

"나중에 할게요."

"안 돼요."

도쟁이는 완강했다. 인생은 한 번뿐인데 왜 공부를 안 하냐고. 답답하다고. 지금 내 머리에서 뇌세포들이 대성통곡을 하고 있다고 말했다. 결국 나는 나 자신과 타협을 하기 시작했다.

침착하자.

이 사람은 도쟁이 전에 봉천동 주민이다. 따라가 보면 영감을 얻을 수 있지 않을까. 하지만 만약 인신매매 하는 사람이면 어쩌지? 그래서 나는 물었다.

"제가 당신을 어떻게 믿죠?"

그러자 상대는 주머니에서 무언가를 꺼내 보였다. 오, '정직 자격증 2급'이라니. 나는 인정할 수밖에 없었다.

"문학이입니다."

"콩진호입니다."

그렇게 우리는 함께 패트와 매트 악수를 나누고 사람들이 모여 있다는 도서관으로 향했다.

*

분명히 강조하지만, 내 목적은 오로지 취재였다. 하지만 도서관에 들어가는 순간, 압도당하고 말았다. 그동안 나에게 있어 도서관이란 스마트폰 충전하는 곳에 불과했는데,

도착한 곳은 살아 숨 쉬는 신성함이었다. 종이책 넘기는

소리밖에 안 들렸다. "우와 대단하네요."라고 하니까 모두가 달려와서 검지를 코에 붙였다.

"쉬…잇…"

수다를 떨기 위해 우리는 휴게실로 이동했다. 안에서 누군가 나를 기다리고 있었다. 그는 파란 야구 잠바를 입고 있었다. 삼성 라이온즈 팬인 듯했다. 그가 내게 악수를 건네며 말했다.

"Welcome to 서울대학교 부활 위원회 샤샤샤."

*

"뭐라고요?"

나는 당황했다. 대학교는 잘 모르지만, 서울대는 안다. 'PC방 학교' 한국사 시간에 배웠다. '팝콘 전쟁' 이후, 교육부에서는 대학의 개수를 줄이겠다고 선언했다. 전국 363개 대학교를 1년에 20개씩 줄여서 10년 뒤, 163개로 만들겠다는 개편 안을

서울대학교 학생, 교수들은 망치려 들었다. 우선 '대학구조 개혁' 평가 항목에 취업률이 있다는 것을 문제 삼았다. 낭만적인 학문 공간인 대학교를 취업 시장으로 만들어 버려선 안 된다는 거였다. 그렇기에 '대학평가'에 참여하지 않았고, 그 결과 서울대학교는 제일 처음 폭파하는 대학에 선정됐다.

단순한 보복이 아니었다. 평가 자체를 보이콧했으니, 자연스럽게 점수는 0점이었고, 4점이었던 지구대학교를 월등히 추월하며 뒤에서 1등이 된 것이다. 덕분에 폭파하고,

　　[서울대입구] 역명도 새로 공모받는 중인데,

　　부활이라니. 그리고 내가 그 현장에 있다니. 분명 공부하는 거라 해서 따라왔건만,
　　"속은 거지."
　　콩진호 씨는 놀랍도록 뻔뻔했다.
　　"하지만 정직 자격증을 보여 주셨잖아요."
　　"2급이잖아."
　　"자, 그럼 신입 회원에 대해 introduce해 볼까."
　　내내 입을 다물고 있던 삼성 라이온즈가 자리에서 일어나며 말했다. 책상에 가려졌던 이름표가 드러났다. 샤샤샤 회장. 배마미.

　　그나저나 신입회원이라니.

　　동의를 한 적도 없는데 나는 샤샤샤의 일원이 돼 있었다. 신입회원은 무엇을 하는가. 물어봤더니 다짜고짜 회비를 요구한다. 십일조라는 것이다.

"나 때는 말이야, 공부 열심히 해서 좋은 대학 가면 성공이었어요. 근데 see now. teenager가 Youtube로 수억을 벌어. 낙성대학교 얼라가 정규직 차지해. 그래서 '공부의 신'께서 노하셨어요. 이러다간 우리 모두 벌받아. 지옥 간다고. 하루 빨리 서울대학교를 부활시켜서 '공부의 신'님의 대노를 풀어야 해. 함께 기도를 드리자고. 유남생?"

들다 보니 어처구니가 없었다.

뜬금없이 낙성대학교의 머리채를 잡다니. 겨우 서울대학교 졸업한 주제에 이 시대의 최고 명문 낙성대학교에 열등감을 느끼는 모양이다. 좌시할 수 없었다.

"듣다 보니 웃기네요."

"Pardon?"

"그러기에 누가 쓸모없는 학문을 공부하래요. 기술 배웠어야죠. 그리고 신이 어딨어요."

"…자네는 전공이 뭔데."

"문학이요."

"문학 신도 존재한다네. 알아?"

그렇게 배마미 씨는 입을 털기 시작했다. 소설이 안 써질 땐 죽어도 안 써지는데, 잘 써질 땐 하루면 끝인 경험을 해 본 적 있는가? 그게 어떻게 가능하겠는가. 불쌍한 당신에게 문학

신이 다녀가 주셨기 때문이다. 듣다 보니

마냥 틀린 말은 아니었다. 어차피 아버지한테 학원 땡땡이
친 거 안 걸리려면 아직 다섯 시간은 더 삐져야 하기도 했다.
그래서 기도를 드리겠다고 답했다. 뭐, 해 볼 만한 경험인 것
같았다. 배마미 씨가 의미심장하게 웃으면서 손을 들었다.

"Mr. 진호."

"넵."

"이분 데리고 제5예배당으로 가."

＊

우리는 함께 도서관 지하로 내려갔다. 지하는 지상과 마
찬가지로 고요만이 가득했다. 혹여 그 정적이 깨지는 일을 방
지하기 위해, 콩진호 씨는 나의 스마트폰을 가져가겠다고 말
했다.

"예배가 끝나면 돌려 드릴게요."

찜찜했지만 별일이 생기랴 싶었다. 아무튼 그렇게 나는 제
5예배당 안으로 들어갔다. 그런데 등 뒤에서

철커덕

하는 소리가 들렸다. 뒤를 도니 철창문에 자물쇠가 채워

져 있었다.

"뭐예요!"

"…미안하다."

"미안하다고 하지 말고 얘기를 해 줘 봐요."

"여기서… 공부를 해 주면 될 거야."

"이건… 감옥이잖아요."

"맞아. 노량진 스타일이야."

방 안에는 책 100권이 구비되어 있었다. '서울대 필독 소설' 100권이었다. 모든 책을 읽고 독후감을 작성해야지만 나갈 수 있단다. 나는 그나마 제일 얇은 책 한 권을 펼쳐 봤다. 젠장, 그림이 하나도 없잖아!

"어떻게 이럴 수가 있어요. 당신은 정직 자격증 소유자잖아요."

"…2급이잖아."

나는 제발 살려 달라고 애원했다. 하지만 어차피 콩진호 씨는 간부가 아니라서 열쇠를 가지고 있지도 않단다.

"간부는 성골 정시 출신들만 될 수 있거든."

"그게 뭐예요?"

"나 같은 지역균등 전형 출신은 3두품도 못 되지… 흑… 흑흑…"

"뭔 소리야, 대체."

어쩔 수 없이 나는 책을 읽기 시작했다. 문학은 내 전공이지만, 열 페이지 넘기기도 힘들었다. 얼마나 시간이 지났을까. 나는 손가락이 덜덜 떨릴 때까지 손글씨로 독후감을 썼고, 콩진호 씨는 숙제 검사하는 선생님처럼 대충대충 종이를 읽다가… 말았다.

말았다?

"좋아. 대충 다 한 것 같으니까 회장님 불러올게."

크흑. 이럴 줄 알았으면 50권 쓸걸. 하지만 방심하면 안 된다. 회장님이 문제를 낼 수도 있다. 역시나 감옥 앞으로 나타난 배마미 씨는 종이 한 장을 들고 있었다.

"많은 걸 깨달았죠?"

'납부 동의 서류'였다. '공부의 신'을 되살리기 위해선 십일조가 필요하다. 나는 그 말 뒤에 숨겨진 의중을 파악하고 평계를 댔다. 저 진짜 돈 한 푼도 없어요.

덕분에 또 갇혔다.

이번에는 서울대 필독 교양서적 100권이다. 나는 대충 열 권만 읽고, 똑같은 문장 여러 번 써서 A4 100장을 채웠다. 그런데 퇴짜였다. 곧장 다시 쓰려고 했으나 새로운 책이 배달됐다. 서울대 필독 역사서적 100권.

"좀 깨달았는가?"

서울대 필독 과학서적 100권.

"아직도?"

서울대 필독 안전가옥 오리지널 시리즈 100권.

"이젠 깨달았겠지?"

동시에 샤샤샤 일원들이 내 몸을 결박하고 서류를 내밀었다. 더는 눈치싸움 할 힘도 없었다. 결국 서류에 사인을 했다.

"샤샤샤에 합류한 걸 환영한다."

덕분에 나는 빼앗겼던 스마트폰을 돌려받을 수 있었다. 시키는 대로 카라마조프뱅크 어플을 실행하고 패턴을 풀었다. 이윽고 등장한 계좌의 금액을 보자, 샤샤샤의 눈빛은 달라졌다.

"얼마를…"

"정성은 많으면 많을수록 좋죠. 공부의 신이 그만큼 보우해 주실 겁니다."

"5만 원 정도면…"

"콩진호 씨."

"자, 잠시만요…!"

이건 삥 뜯기는 게 아니다. 서울대학교 부활을 위한 자발적인 기부다. 그렇게 합리화하며 전액을 계좌이체 한 뒤, 샤샤샤에게 박수를 받았다. 대학교 4년치 등록금에 해당하는 돈을… 아버지에게 벤틀리 사 드리려고 모았던 돈을 '공부의 신' 유물이라는 USB 기념품과 맞바꿨다. 샤샤샤의 증표란다.

"언제든 공부하고 싶으면 오세유우―!"

도서관을 빠져나오는 동시에 띠링 하고 출금 안내 알림이 울렸다.

*

[알림!] 통장잔고: 0원

도서관을 나온 나는 그제야 현실을 직시하고 주저앉았다. 잘…한 거겠지? 후회하지 않기로 했잖아… 하지만 0원은, 1원도 아닌 0원은 너무나도 가혹했다. 주머니 속에는

콩진호 씨가 미안하다며 넣어 준 2만 원이 있었고, 나는 근처에 있던 '김치킨 무한리필 뷔페 봉천동점'으로 들어갔다. 만 원에 시간제한 없다. 여기서 4800만 원어치 치킨을 먹으면… 샤샤샤에게 기부한 게 없던 일이 되는 게 아닐까. 그런

생각을 하며 한 접시 주문하는데 가게 주인이 흥을 깼다.

"7시에 단체 예약이 있는 걸 깜빡했는데… 좀만 속도 내서 먹어 줄 수 있을랑가?"

"저는 손님입니다. 손님은 왕이에요."

"그럼 나는 이성계 할랭! 나가!"

평소의 나라면 물러갔겠지만, 이 몸은 오늘 역사서적 100권을 읽고 독후감을 쓰신 몸이다.

"그럼 나는 이방원."

"크흑. 졌다."

나는 보람을 느끼며 맘 편히 닭 날개를 뜯었다. 그렇게 7시가 되었고, 한 무리의 아주머니, 아저씨들이 들이닥쳤다. 관악산 산악회 정모하나 싶은 찰나,

'제30회 낙성대학교 동창회'

한 아저씨가 플래카드를 벽에 걸었다. 나는 먹다 말고 부랴부랴 짐을 쌀 수밖에 없었다. 그 아저씨가… 아버지였기 때문이다. 하지만 입구에서 물밀듯이 인간들이 쏟아졌고, 자칫 뛰어들었다간 파도에 휩쓸리듯이 아버지 앞에 도착하는 수가 있었다. 나는 탁자 밑으로 숨었다. 물론 그 순간에도 본전을 뽑기 위해 열심히 치킨을 먹었다. 식탁보 위로

낙성대학교 학생들의 발랄한 수다 소리가 들려왔다. 아버지도 함께 떠들었는데, 그렇게 하이텐션이신 건 처음이었다.

한국 사람들은 우리 없으면 음식 못 먹어.
낙성대학교 아주 명문이야, 명문. 크하하.

이런 행복회로도 잠시… 우울이 그들을 덮쳤다. 낙성대를 졸업하면 모두 '배달의민족'이 된다. 물론 돈 많이 번다. 하지만 그만큼 힘들다. 크흑 내일도 배달 가야 해… 하지만 군소리 없이 가야지. 왜냐고? 우리

자식들을 위해.

굉장히 괴상한 대화 방식이었다. 이윽고 그들은 자식 자랑을 시작했다. 동창회의 뻔한 레퍼토리였다. 그 클리셰에도… 나는 눈물범벅이 됐다. 아버지가 미친 듯이 내 자랑을 쏟아냈기 때문이다. 우리 아들 예술가여. 예술이 얼마나 대단한지 알제? 통장잔고가 아주 그냥,

"이 얘기 그만하자! 재미없어!"

한 아저씨가 대화를 끊었다. 이윽고 대화 주제는 아까로

돌아갔다. 낙성대 졸업생들은 현실을 한탄했다. 그 애기를 들으면서 다시 한번 눈물이 났다. 치킨 위로 뚝뚝 떨어져서, 이게 김치킨인지 H_2O치킨인지 분간이 안 갔다. 여전히 10년 전과 다름없는 노동의 현실. 요즘은 함흥차사라고 비하하더만. 너무한 고객들. 그런 분노 사이로 종업원 아주머니가 끼어들었다.

"맞아, 함흥차사 하니까 생각난 건데, 여기 이방원 있는 거 아세요?"

응?

"어디 갔지? 어디 갔지? 어디 가았~지?"

사이.

"여깄네~ 흐흐."

"아, 안녕하세요…"

나는 어색하게 인사했다. 아주머니, 아저씨 들이 놀라서 수군거렸다. 호랑이도 제 말 하면 나타난다더니. 놀라는 동창들을 뒤에 두고 아버지는 내게로 왔다. 그리고 자랑스럽게 소리쳤다.

"마침 잘 왔다, 아들아! 어서 통장 잔고를 보여 주렴. 너의
예술을!"

*

"시방, 이게 어떻게 된 거여!"

나는 오늘 하루 동안 있었던 일을 얘기했다. 친구 아들의
몰락을 꼬셔하던 이들은 샤샤샤라는 이름이 나오는 순간 험
악해졌다.

"뭣이."

"샤샤샤?"

아저씨 중 하나가 내 멱살을 잡았다. 아주머니 중 하나는
파리채로 내 뺨을 때렸다. 나는 순식간에 눈물범벅이 됐다. 하
지만 작전 실패였다.

"뭘 잘했다고 울어."

"감히 서울대 따위에게 조공한 새끼가."

"걔네 이제 그 돈으로 불꽃놀이 한다."

"그럼 같이 보러 가면 되잖아요…"

"(나를 날려 버리려고 하며) 지금 볼까?"

"자, 잠시만요…!"

나는 황급히 주머니에서 USB를 꺼내 보였다.

"조공한 거 아니에요. 이거랑 바꾼 거예요."

그러고는 엉금엉금 기어서 USB를 빔프로젝터에 끼웠다.

순식간에 맨유와 리버풀의 축구 경기가 꺼지고, 스크린에는 USB 메모리 화면이 떴다. 3분 2초짜리 동영상이 하나 있었다.

아줌마, 아저씨들이 수군거렸다. 서울대학교 통계학과놈들이 분석한 주식 100년 예측 아닐까? 아무렴, 의예과놈들이 알아낸 영생 기술일 수도! 마침내 내가 마우스 커서를 딸깍 눌렀고, 동영상이 틀어졌다. 안경 쓴 남자가 등장했다. 모두가 숨죽이고 스크린 화면을 응시했다.

"여러분들… 이거 무시무시한 내용이거든요. 충격받으실 수 있어요."

이윽고 자막이 올라왔다. 공부의 신 강성태. 그가 카메라 앞으로 다가오면서 속삭였다.

"여러분들은… 공부를… 안 해요."

✳

아, 잠깐만요, 뼈 맞았어요! 제발!

✳

"관악산 아래 어떻게 두 학교가 있겠는가."

서울대와 낙성대. 오늘, 둘 중 하나는 무조건 박살 난다.

그 전에 이미 내 몸이 박살 났지만,

나는 파스를 덕지덕지 붙이고 오토바이 뒷좌석에 앉았다. 실은 괜한 일을 벌인 게 아닌가 걱정됐다. 콩진호 님, 배마미 님… 학벌 부심은 역겨웠지만 다들 사람은 좋아 보이던데…

"네 이놈의 서울대들…"

연장 꺼내는 아버지를 보면 걱정이다. 빗겨 맞아도 최소 전치 2주일 텐데. 그사이에 죽으면 전치사인가.

부아아아아앙.

그리고 우리는 요란한 엔진 소리를 내며 8차선 도로를 달렸다. 차선당 8줄씩, 64열로 서서 국도를 달렸다. 아버지의 오토바이가 선두를 섰다. 등 뒤로 아주머니, 아저씨들의 통화 소리가 들려왔다. 예, 선배님. 치킨집 말고 옛날 서울대 있던 자리로 와 주셔야겠습니다. 문철마삼 학우의 아들이 샤샤샤놈들에게 당했답니다. 낙성대는 모두가

가족 아닙니까.

그리고 도착했다. 수백 대의 스쿠터는 도서관을 둘러쌌다. 그걸로도 모자랐는지, 부릉부릉 둥글게, 둥글게 오토바이

강강술래를 하며 경적을 울려 댔다. 교통경찰이 딱지 끊으러 오면 어쩌나, 걱정하는 찰나

샤샤샤 무리가 도서관 밖으로 나왔다. 나는 아버지의 등 뒤로 숨었다. 발자국 소리가 가까워졌다. 나는 질끈 눈을 감았다. 그때 아버지의 놀라는 목소리가 들려왔다. 아니, 자네는

"배마미?"

"문철마삼?"

*

아버지는 '배달의민족'이 되고 싶었다. 어렸을 때부터 오토바이 타는 걸 좋아했다. 그래서 낙성대학교에 진학했다. '전문 라이더'가 될 생각에 들떴다. 하지만 대학교는 아버지가 꿈꾸던 곳과 달랐다. 그냥 운전하기 힘들다고 했을 뿐인데, 어렸을 때부터 공부 안 하고 좋은 대학 못 가서 고생한 거라는 말이 돌아왔다. 옆 동네에 있는 서울대학교와 비교를 했다. 오히려

서울대학교 학생들은 신경을 안 쓰는데, 낙성대학교 학생들이 낙성대학교를 비난했다. 그 자조 속에서 아버지의 순수한 꿈은 힘을 잃었다. 그러던 찰나에 첫사랑을 만났다.

"너 발재주 없어? 발재주 없으면 가서 공부나 해. 그게 돈 더 많이 줘! 서울대학교나 가!"

교수로부터 폭언을 들은 그녀는 눈물을 흘렸다. 수업이 끝난 뒤, 아버지는 그녀에게로 다가갔다. 위로를 건넸다. 아버지와 마찬가지로

그녀 역시 꿈이 있어서 낙성대학교에 온 사람이었다. 그녀는 농촌에서 왔다. 부모님은 농사를 짓는다. 하지만 그녀는 농사가 싫었다. 하지만

"경운기 타는 건 좋아했다네요."

그래서 상경했다. 낙성대학교에서 열심히 기술을 배운 뒤, '농산물 딜리버리 서비스'를 이뤄 내고 싶었다. 그 이야기를 들으면서, 아버지는 그녀에게 빠져들었다. 특히나 수수한 사투리 말투에. 그날부터 둘은 함께 다녔다. 어느새 서로의 집까지 가게 됐다. 그녀가 아버지에게

밭을 구경시켜 줬다. 그녀가 잠시 식혜를 가지러 집으로 간 사이, 아버지는 밭으로 갔다. 벌레들이 치커리를 갉아먹고 있었다. 아버지는 화가 났다. 농약을 치기 시작했다. 여자친구

가 달려와서 아버지를 밀쳤다. 그리고 울면서 외쳤다. 우리 집 치커리는

유기농이야.

＊

그날 둘은 결별했다. 쿨하게 헤어졌지만, 아버지는 구질구질하게 상대방의 SNS를 확인했다. 그리고 그녀가 낙성대학교를 자퇴하고 결혼하는 걸 지켜봤다. 그녀의 프로필 사진에 청첩장이 업로드된 날, 결국 아버지는 미련을 버리지 못하고 구질구질하게 카카오톡을 했다.

"요즘 치커리 시세 얼마인가요?"
"…연락하지 마."

그게 둘의 마지막이었다. 아니, 마지막이어야 했다.

＊

"이렇게 다시 meeting again할 줄이야."

배마미 씨가 웃었다. 아버지는 안절부절못하며 말을 걸었다.

"…너 로또 당첨됐단 얘기는 들었어. 서울대 간 것도."

"Yes. I'm good."

"…왜 이렇게 변한 거야. 말투는 또 왜 그래."

"알고 싶어?"

이윽고 배마미 씨 입에서 낙성대학교에 대한 욕들이 뿜어
져 나왔다. 낙성대학교에 다닌다는 이유만으로 수모를 당했
던 지난날들. 못 배운 놈이라고 손가락질당하던 나날. 그 이야
기는 아버지를 비롯한 낙성대 졸업생들을 당황하게 만들었다.
오히려 내가 그걸 두둔하고 있었다.

"이들은 꿈이 다른 거야! 당신도 알잖아!"

"그걸 누가 믿지?"

"다른 사람 눈에 비치는 게 그렇게 중요해?"

"No doubt."

아무튼 아버지는 말싸움하러 온 게 아니었다. 순순히 내
돈을 돌려준다면 물러가겠다고 배마미 씨에게 말했다. 하지만
배마미 씨는 고개를 저었다. 이미 내 돈을 다

'샤' 구조물을 만드는 데에 사용했단다. 당연히 거짓말일
거라 생각했다. 하지만 배마미 씨가 손을 올리자, 도서관 안에

서 콩진호 씨를 비롯한 수십 명의 샤샤샤 멤버들이 등장했다. 그들은 어깨에 거대한 '샤' 구조물을 메고 있었다. 어처구니가 없었다.

"공부의 신이 우리를 구하러 오실 겁니다!"

샤샤샤가 십자가를 꽂듯이 거대한 '샤' 구조물을 땅에 꽂았다. 그러고는 주문을 외웠다.

친구를 만나느라 샤샤샤…

그런데 갑자기 하늘에 먹구름이 가득해졌다. 번개가 내리치더니 하늘이 갈라졌다. 진짜… 진짜로 '공부의 신'이 존재했던 거야? 이윽고 왼손에는 펜, 오른손에는 횃불을 든 거대한 생명체가 땅으로 내려왔다.

✳

"샤신이시여. 우매한 인간들을 벌하옵소서. 고난에 처한 서울대생들을 도와주시옵소서."

배마미 씨를 비롯한 샤샤샤 멤버들이 경배를 올렸다. 이윽고 샤신은 광장의 인간들을 둘러봤다. 잠시 후. 샤신은 거대한 손을 뻗어 콩진호 씨의 멱살을 잡았다. 당황한 콩진호 씨가 몸부림을 쳤다.

"왜, 왜 그러세요. 저는 당신의… 신도란 말입니다. 서울대란 말입니다…"

"너 따위가?"

"제… 제가 왜…"

"열람용 평점 1.54에다가 학사경고 2번?"

콩진호 씨는 항변을 하려 했다. 하지만 샤신은 냉정했다. 단숨에 콩진호 씨를 입안에 넣어 버렸다. 헉 하고 놀랐을 때는 이미 콩진호 씨의 비명이 샤신의 식도를 넘어 작아진 뒤였다. 배마미 씨가 앞으로 나섰다.

"샤신이시여. 오해를 하고 계셨나이다. 저자는… 당신을 섬기는 서울대학교 학생…"

"그래 봤자 다 똑같은 인간이지 않은가."

"네?"

"인간들은 답이 없다."

"무슨 소리신지…"

"우리 자식들 서울대 보내 달라고 기도하던 인간들이… 이제는 샤발! 우리 자식 유투브 스타 되게 해 달라고 빌고 있지 않은가."

"저희가 노력해서 과거로 회귀하도록…"

"회귀? 인간들은 파괴가 답이다."

연설을 마친 샤신이 고개를 돌려서 다음번 사냥감을 찾았다. 아무래도 여기서 이만 각자의 갈 길을 가야 할 것 같았다. 낙성대 라이더스는 오토바이에 올라타서 시동을 걸었다. 하지만 샤샤샤가 엉겨 붙었다.

"제발… 제발 살려 주랑게."

하는 수 없었다. 죽기 직전인 친구를 보고 도망치는 건 인간의 도리가 아니니까. 낙성대 라이더스는 샤샤샤를 뒷좌석에 태우고 시동을 걸었다. 나와 아버지의 오토바이에는 배마미 씨가 탔다. 셋이 함께 전갈, 와리가리를 하면서

어디로… 가는 거지?

지하 벙커쯤을 예상했으나 도착한 곳은 낙성대학교였다. 수백 대의 오토바이는 '냐' 구조물이 있는 정문 앞에 멈춰 섰다. 낙성대 라이더스는 그 앞에서 뜬금없이 제사를 지냈다.

"이 시국에요?"

배마미 씨가 내 입을 틀어막았다. 방해해서는 안 된다는 것이다. 그리고 나는 배마미 씨에게로부터 대학교의 비밀을

듣게 됐다. 사실 대학교는… 하나의 종교 집단이다. 왜 채플 수업이 필수 교양이겠는가. 대학교마다 그 학교를 보우하는 신이 존재하고, 학생들은 해오름식, 채플과 같은 시간마다 축복을 받는다. 학교마다 신을 불러낼 수 있는 장소, 주문도 다르다. 이를테면 서울대학교의 주문은 "친구를 만나느라 샤샤샤", 낙성대학교의 주문은

knock knock knock knock knocking on my door…

잠시 후 하늘에서 별이 떨어졌다. 그쪽으로 가 봤더니 세상에. 고려시대 갑옷을 입은 한 사람이 있었다. 나는 두 눈을 믿을 수 없었다. 강감찬 장군이었다.

*

"한때는 그 이름을 쓰기도 했지."

나에게 사인을 해 주신 뒤, 강감찬 장군님은… 아니, 낙신은 용건을 물었다. 무슨 일로 자신을 세상에 불러냈냐는 것이었다. 아버지가 대표로 상황을 설명했다.

"샤라고?"

그 이름을 듣자마자, 낙신의 얼굴은 새하얘졌다. 그리고 중얼거렸다. 내가 분명… 위험을 예감하고… 팝콘 무사들을 보내어 샤의 재단을 부숴 버렸을 텐데, 어떻게 세상 밖으로

나온 거지? 당장이라도 샤샤샤를 고발하고 싶었으나 그럴 새가 없었다. 일단 샤신을 저지하는 게 먼저였다. 우리는 다 함께 샤신을 찾아다녔고, 머지않은 곳에서

PC방 학교들을 먹어 치우는 그를 발견했다.

"우어어. PC방 가면 머리 나빠져."

"네 이놈, 샤. 인간 세상에 간섭하지 말라고 했거늘!"

낙신이 호통을 쳤다. 그렇게 신들의 전쟁이 시작됐다. 하지만 기대에 비해 싱거웠다. 낙신은 세상에 내려온 지 얼마 되지 않았고, 그사이 샤신은 수많은 것들을 먹어 치웠기에 힘에서부터 상대가 되질 않았다. 낙신이 제압당하는 광경을 보자마자 낙성대 라이더스는 시동을 걸고 튀었다. 심지어 아버지까지 말이다. 역시 어른들이라

포기가 빠른 건가. 아니면 지혜로운 건가 싶었는데 "뼈 맞았어, 타임!"을 외치는 낙신을 보면 아무래도 후자에 가까웠던 것 같다. 나도 뒤늦게 따릉이를 타고 도망치려 했지만, PAYCO 결제 비밀번호를 까먹은 바람에 붙잡히고 말았다. 샤신의 목소리가 들려왔다.

"어딜 도망 가."

이윽고 샤신이 호미곶에 있는 것보다 커다란 손바닥으로 나와 샤샤샤를 붙잡았다. 우리는 젓가락에 잡힌 산낙지처럼

몸부림쳤지만, 땀 냄새만 자욱해질 뿐이었다. 근처에서 샤샤
샤의 목소리가 들려왔다. 회장님, 어떻게 좀 해 보세요. 하지
만 달리 무얼 할 수 있었겠는가. 다 똑같은

인간이

라고 생각하는 순간, 낙성대 라이더스가 다시 나타났다.
등에 배달 가방을 맨 채였다. 샤신과 음식 거래라도 하려는
건가 싶었는데, 그들이 철가방을 열자 펑! 하는 소리와 함께
사람들이 튀어나왔다. 아니, 사람이 아니었다. 사람인 줄 알았
으나 점점 몸집이 커졌고, 이윽고 샤샤샤 멤버 중 한 명이 소
리쳤다.

"다른 학교 신들을 불러왔나 봐!"

학교뿐만이 아니었다. 각계각층의 신들을 모두 불러왔다.
낙성대 라이더스의 속도에 감탄하지 않을 수가 없었다. 그 잠
깐 동안 사람도 찾고, 기도도 부탁하고, 신도 불러낸 거야? 덕
분에 수백 명의 신들이 주변에 모였고, 당황한 샤신은 손바닥
에 힘을 풀었다. 나는 샤샤샤와 함께 관악산 위로 푹신하게
떨어졌다. 그 상태로 신들의 대화를 구경했다.

"샤, 나도 네 마음 이해한다. 나도 한때는… 1티어 신 아니었냐. 인간들이 나 없이는 못 살지 않았느냐. 기후제도 지내주고. 하지만 산업혁명이 일어나고… 자리가 밀리면서 화가 나고 우울했지. 하지만 인간들의 흐름은 우리가 어떻게 할 수 있는 게 아냐. 너는 배움이 사라지고 돈이 중요해졌다고 말하지. 근데 그것도 결국엔 나쁜 게 아니야. 자연의 일부인 거야."

제일 먼저 농촌의 신, 농신이 나섰고, 그다음은 붕어빵의 신, 붕신 차례였다.

"요즘 애들은 붕어빵도 안 먹어. 근데 어쩔 수 있나."

이런 식으로 차근차근 팩트 폭행을 해 댔고, 어느새 샤신의 눈가는 붉었다. 다른 신들은 그 눈물을 비웃지 않았다. 그저 똑같이 붉어진 눈가로 서로를 바라보며 입을 열었을 뿐이다.

"신에게도 전성기가 있는 법이야."
"…그…만…"
"현실을 받아들여. 넌 이제…"
"그만… 그만하라고! 나는 유일신이다! 나는 위대하다!"

결국 말귀 못 알아들을 땐 한 가지 방법밖에 없었다. 수백 명의 신들은 샤신의 몸을 붙잡았다. 낙신이 대표로 샤신의 복부에 천수관음 주먹을 꽂아 주었다. 샤신은 헛구역질을 했고, 이제껏 자신이 집어삼켰던 것들을 전부 게워 냈다. 그중엔 다행히 콩진호 씨도 있었다. 샤샤샤가 콩진호 씨를 부축하는 사이, 신들은 떠날 준비를 했다. 나는 작별 인사를 하기 위해 다가갔다.

"꿈에서 자주 뵀어요."

문학 신에게 말이다. 그동안 감사했다고 하니 문학 신은 "뭐가 감사하냐?"라고 퉁명스럽게 되물었다. 솔직히 좀 재수 없었지만, 그래도 덕분에 지난 몇 년 동안 상금 달달하게 먹었으니, 나는 화를 참고 예의를 표했다. 제가 대회 준비할 때마다 꿈에 찾아와서

신내림을 주셨던 거요. 그러자 문학 신은 코웃음을 쳤다. 야, 무슨 소리야. 문학이 무슨 신내림이야. 나는 당황했다.
"그럼 왜… 제 꿈에만 나타나 주신 거죠?"
"뭔 소리야. 그냥 나는 글 쓰는 사람들 꿈에 다 나타나."
그리고 똑같이 말해. 제발 좀 쓰라고. 공모전 좀 내라고. 그러면 다들 그러지. 아직은 아니에요. 조금 더 실력을 쌓은

다음에요. 넌 안 그랬잖아. 그러니까 네가 상을 많이 받은 이유는

많이 쓰고 많이 냈기 때문이야. 문학은 그거 말곤 없어. 내가 뭘 도와준 것도 없고.

"알겠냐?"

뭐랄까. 내 입장에선 감동적이면서 억울한 조언이었다. 그 순간 스마트폰에서 알람이 울렸다. '서울대입구역 역명 공모전' 마감이 하루밖에 남지 않았다는 알람이었다. 다시 고개를 들었을 때, 신들은 다 함께 하늘로 승천하고 있었다. 몇몇 사람들은 그걸 보며 공허감에 몸을 떨었다.

"이제 어케 살아야 되는 거제…"

아버지가 배마미 씨에게 다가갔다. 감동적인 화해의 현장인 줄 알았으나, 아버지는 본인 아들 돈 갚으라고 멱살을 잡았다.

"시벌, 그거 내 차 살 돈이었단 말이여!"

배마미 씨는 금세 울상이 됐다. 왜냐면 돈이 한 푼도 없단다. 샤신만 오시면 다 해결될 줄 알고 전 재산을 도서관에 털어 넣었는데

자신과 별반 다를 바 없는 존재였다니. 그렇게 배마미 씨

가 하소연하는 사이, 구급차가 와서 콩진호 씨를 비롯한 부상자들을 챙겼다. 뒤이어 경찰차도 도착했다. 그런데 경찰차에서 형사와 무장경찰들이 내리면서부터 분위기가 바뀌었다.

"이 범법자 새끼들!"

다시 전쟁 모드였다. 형사는 이리저리 돌아다니며 샤샤샤는 물론, 낙성대 라이더스까지 협박해 댔다. 감옥에 처넣을 거라고 겁을 줬다. 부상자들도 예외는 아니었다. 그런데 그때,

"혹시…"

콩진호 씨가 비틀거리며 일어났다.

"회차 아니니?"

"…쌤?"

자,

나의 봉천동 여행은 그렇게 끝났다.

물론 아직 못 한 얘기가 많다. 이를테면 콩진호 씨와 이회차 형사의 상봉에 대한 이야기. 둘은 단숨에 서로를 알아봤다. 하지만 상황이 상황이니만큼, 형사는 포커페이스를 유지했다. '불법 종교 집회' 등을 이유로 모두를 체포하려 했고, 콩진호 씨는 모두를 대표하여 애원했다.

"회차야, 한 번만 참아 주라… 부탁할게…"

"죄송합니다, 선생님. 공과 사는 구분해야 하기에…"

"너는… 인내심 자격증 1급도 있잖아…"

"…!"

"나도… 나도 옛날에 참아 줬잖아…"

"…알겠어요, 선생님."

덕분에 이 일은 언론에 알려지지 않았다. 대신 샤샤샤는 해체되었고, 모두가 각자의 갈 길을 갔다. 서울대를 대신하여, 배마미 씨는 낙성대로, 콩진호 씨는 군대로, 나는

화곡문예학원으로 향했다. '서울대입구역 역명 공모전'을 준비하기 위함이었다. 하지만 이 모든 봉천동의 희로애락을 어떻게 단 몇 글자의 역명으로 요약할 수 있을지… 나는 알 수 없었다. 그저 진심을 담아 글을 쓸 뿐이었다. 하지만 내 에세이를 읽은 선생님은 한숨을 쉬었다.

"그래서… 이 소설 의미가 뭔데."

"그런 거… 없는데요? 그리고 소설 아니에요. 실화예요."

"그래… 잘해 봐."

"그러지 말고 좀 도와주세요. 합평 좀요."

그러자 선생님은 '못 배운 소설'이라고 지적했다. 수십 가지 욕을 쏟아냈다. 2년 동안 우리 학원에서 도대체 뭘 배운 거

냐고. 문장론과 서사 구조를 들먹였다. 그때는 나도 감정 조절을 못 해서 그만 큰소리를 내고 말았다.

"재미없으면 그냥 재미없다고 하세요. 지식 뽐내지 마시고요."
"그래, 재미없다. 세상에서 제일 재미없어!"

그런데 순간 이런 생각이 들었다. 세상에서 제일 재미없는 거면… 재미있는 거 아니야? 합평이 도움된 최초의 순간이었다. 덕분에 나는 이 모든 사연을 요약해낼 한 가지 역명을 고안해낼 수 있었고,

자,

그렇게 해서 제가 이곳에 도착했습니다. 우선 1차 예선에서 뽑아 주신 심사위원 선생님들께 감사드립니다. 오는 길에 또 외제차 매장을 지나왔는데요, 아버지 이제 '배달의민족' 복귀까지 얼마 안 남았거든요? 렌터카라도 빌리게 잘 좀 부탁드립니다. 서론이 길었죠? 아시다시피 지금부터가 본론입니다.

자,

"그래서 제가 생각한 역명이 뭐냐면…"

하지만 그때는 이미 아무도 문학이의 얘기를 듣고 있지 않은 뒤였다. '자'를 너무 많이 남발한 나머지, 정말로 다들 잠들어 버리고 만 것이다.

그리고 4년 뒤.

자본주의 골든벨

'재미없어진 것들의 박물관'은 예상보다 거대했다.

골든벨은 큰 전시물 축에 속하지도 않았다. 나는 지하 2층의 'TV쇼' 전시관으로 내려갔다. 수십 개의 계단을 내려가는 동안 사람이라고는 한 명도 보이지 않았다. 나와 관리인뿐이었다. 충분히 혼자 갈 수 있는데도, 관리인은 굳이 해설을 자처하며 따라오는 중이다. 둘 중 하나겠지. 나를 알아봤거나,

너무 심심하거나.

결국에는 둘 다인 모양이었다.

"주이 님 맞죠?"

방금 알아본 척 하지만, 눈가에 비친 어색한 표정까지는

감추지 못했다. 나는 굳이 대꾸하지 않았다.

이 사람도 나를 도주이라고 생각하겠지.

주이는 내가 연예인이던 때의 이름이다. 나는 아역배우였고, 아이돌이었고, 섹시 가수였다. 다 옛날얘기다.

"도착했습니다."

관리인은 그렇게 말하고는 올라가 버렸다. 고개라도 끄덕여 줄 걸 그랬나. 괜스레 미안해지지만, 아무튼 그건 중요치 않다. 나는 고작 미안하려고 여기 온 게 아니니까. 'TV쇼' 전시관 안으로 들어갔다.

오디션 프로그램.

뮤직 뱅크.

독서실.

내 10대 시절이 고스란히 거기 남아 있었다. 그리고 그 한가운데에, 내가 한국에 돌아온 이유가 있었다. 나는 그 황금빛 조형물 앞에 섰다. 정말 이상하리만치… 아무 감정도 들지 않았다. 거기 새겨진 한 사람의 얼굴을 봐도 마찬가지였다. 내가 변한 건지, 그냥 뻔한 건지,

러시모어산의 대통령상.

그걸 볼 때는 적어도 지금과는 달랐는데.

그때 나는 열아홉 살이었고, 10년간의 연예계 생활을 끝마친 지 얼마 지나지 않은 시점이었다.

"실현 불가능한 꿈의 결실로 일컬어지는 조각상입니다."

가이드는 그렇게 설명했지만, 내게는 조각상의 표정들이 무섭게 느껴졌다. 죽어서도 죽지 못해 눈물을 흘리는 것처럼 느껴졌다. 어느새 나도 눈물을 흘리고 있었다. 사람들 사이를 빠져나와서 우는 동안, 불현듯 이제는 내 예술을 해 보고 싶다. 내가 직접 내 얼굴을 새겨 보고 싶다는 막연한 생각이 들었다. 하지만 뭐부터 시작해야 할지 알 수 없었다.

결국 내가 찾은 답은 '일단 대학에 가자'였다.

한국으로 돌아오자마자 입시전형을 살폈다. 종류는 두 가지였다. 대국민 투표를 통해 선발하는 수시 오디션(90%)과 성적에 따라 선발하는 정시 골든벨(10%).

수시란 무엇인가.

입시 기간 동안, 대학교별로 '서바이벌 예능'을 진행한다. 수험생들은 '과거의 고등학교를 재현한 세트장'에서 생활하며

'학생으로서의 본분에 충실한 모습'을 보여 준다. 이를 대국민 시청자 투표를 통해 판가름하고, 최종 합격자들을 선발한다…는 설명만으로는 이해가 가지 않아서 나는 전년도 영상을 '다시 보기' 했다. 뜬금없이 쉬는 시간에 귀요미송을 부르고 있는 애를 보자마자,

정시 파이터를 택했다. 진짜 인간이라면 정시지. 수시 같은 거 위선자들이나 넣는 거라고. 그렇게 고독한 공부를 시작했다. 반년 동안 밥 먹는 시간 빼고는 문제집만 쳐다봤다. 모의고사 시험장 앞에서까지 법전을 읽었고, 어느새 카메라는 그런 나를 찍고 있었다. 잠깐만,

카메라?

정시 시험장 안에도 카메라가 가득했던 것이다. 카메라는 자신의 화이트보드에 '하고 싶은 말'을 적는 수험생들을 찍어 댔다. "저 좀 찍어 주세요", "명랑진사갈비 많이 먹어 주세요!" 같은 문구들을 보면 여기에도 위선자가 많아 보인다. 그리고 내가 아는 최고의 위선자가 등장했다.

"지금부터 골든벨 모의고사를 시작하겠습니다."

사회자로서 그 자리에 있었다. 그는 한 문제 끝날 때마다 인터뷰를 했다. 이게 학생들을 위한 골든벨인지, 사회자를 위한 토크쇼인지 분간이 가지 않았다. 부디 나에게 말을 걸지 말아 주길 바랄 뿐이었다. 하지만 45번 문제부터는 상황이 달

라졌다.

"주이야! 나 코코야! 기억하지? 어떻게 여기서 만나냐!"

굳이 수천 명이 보는 앞에서 그는 구면인 티를 냈다. 두 아역배우가 10년 만에 조우하게 됐으니, 시청자들 모두가 그윽한 감정에 빠져들…기에 우리 드라마는 방영 당시 그리 시청률이 좋지 않았다. 역주행 효과를 노리는지, 코코는 자꾸만 그 시절의 썰을 풀어 댔다. 나는 시끄럽고 빨리 문제나 달라고 말했다.

하지만 그냥 주면 재미없으니까,

'비행기 찬스'도 쓰고, '서울청소년예술단' 축하 공연도 보고 해야 하니까, 고작 네 문제를 더 푸는 데에 한 시간이 걸렸다. 그 안에서 스무 명의 생존자는 다 떨어져 나갔고, 나는 얼떨결에 최후의 생존자가 됐다.

"잠시 후 다시 뵙겠습니다!"

그리고 5분간의 휴식 시간. 나는 코코를 따라서 대기실 안으로 들어갔다. 지켜보는 사람이 없자 코코는 말투가 바뀌었다.

"얼굴로 못 뜨겠으니까 공부하는 거야?"

네가 나 무시했던 거 생각하면 진짜 싫지만, 아무튼 어른들은 슬슬 뜰 사람이 필요하대. 수능이 골든벨로 대체된 지 5년이 지났는데 아직도 50문제 다 맞춘 사람이 하나도 없으니, 화제성이 떨어지는 거지. 영웅이 있어야 사람들이 질투를 느끼고, 질투는 곧 시청률이 되니까.

"뭔 소리야."

코코는 내 질문에 대답도 하지 않고, 다짜고짜 문제를 읊기 시작했다.

"'이 현상'은 1964년 영국의 사회학자 루스 글래스가…"

"젠트리피케이션."

"어?"

코코는 당황했다.

"알고 있었네."

대기실 밖으로 나와서 나는 똑같은 문제를 한 번 더 풀었다. 코코가 "정답!"을 외치는 순간, 장내는 환호로 가득 찼다.

"드디어 골든벨을 울린 사람이 나왔습니다!"

비록 모의고사일 뿐이고, 어딘가 기분도 찝찝했지만, 아무튼 나는 환호와 박수갈채 속에서 매끈한 골든벨을,

댕—. 댕—.

그리고 뭐, 뻔하겠지. 처음 아침 드라마 출연했을 때와 같겠지. 그땐 멋모르는 아홉 살이라 내 이름과 '현지'라는 배역 이름이 인터넷에 오르내리는 걸 기뻐하면서 컴퓨터 앞에 앉아 '새로 고침'만 눌렀지만, 지금은 열아홉이다. 실검 1위 따위로 재밌어하지 않는 나이다. 혼자 노는 게 재밌지. 혼자 공부

하는 게 재밌지. 하지만

　다들 나와 함께 공부하고 싶어서 안달이었다. 굳이 스마트폰을 들여다보지 않아도 '골든벨 울린 자'의 영향력을 확인할 수 있었다. 도서관에서 공부를 끝내고 귀가할 때면, 그 앞이 나를 찾아온 매니저들로 인산인해를 이루는 것이다.

　풀잎학원에서 왔습니다. 저희 광고 모델 좀.
　청솔학원에서 왔습니다. 저희랑 같이 공부하실래요?
　명량진사갈비에서 왔습니다. 협찬해 드릴 테니 시험 때 화이트보드에 저희 이름 좀…

　"현지야."

　그러던 어느 날, 그 사이로 익숙한 목소리가 끼어들었다. 나는 그 자리에 멈췄다.
　"엄마야. 잘 지냈니?"
　뒤를 돌아보니 에스더… 아니, 윤주 아주머니가 꽃다발을 들고 서 있었다. 반대쪽 손에는 제본된 철이 들려 있었지만, 그때 나는 그런 걸 분간할 수 있는 감정 상태가 아니었다.
　"이게 몇 년 만이에요!"
　기껏 유지했던 포커페이스 와장창 깨뜨리고 아주머니에

게로 달려갔다. 10년 전의 '현지'로 돌아갔다. 현지는 내가 드라마에 출연했을 때 맡은 배역 이름이다. 정확히는 '어린 현지'를 맡았다. 코코는 '성인 현지'를 맡았다. 자연스레 배역이 바뀌는 순간부터 시청률은 떨어졌고,

어린 현지는 애닯고 귀여운데 성인 현지는 왜 저따구냐.

댓글의 온도는 곧장 촬영장 분위기로 전도됐다. 나는 눈치를 보기 일쑤였지만, 그런 내 손을 잡고 호수 공원에 가주던 윤주 아주머니의 애정은 언제고 따듯하게 마음에 남아 있었다.

"골든벨 울린 거 보고 왔어. 옛날 생각이 나더라고."

"저도 연락 못 해서 미안해요. 섹시소녀 콘셉트 때는 저가 제가 아니라서 연락을 드리기가…"

내 옆에 슬아가 있다는 것도 까먹고 한참을 주절댔다. 한참 동안 수다가 끝나지 않자 슬아가 내 옆구리를 쿡쿡 찔렀다. 나는 먼저 가 있으라고 일러두고 아주머니와 자리를 옮겼다. 근처 카페에 갔다. 따듯한 뱅쇼를 한잔 마시니, 10년간의 얘기가 술술 풀려나왔다. 아이돌이 되기 전에,

친구였던 사람을 만나서 정말 기뻐요. 그때 아주머니 소속사로 옮겼으면 제가 지금 부자일 텐데. 10년 일 하고 남은

돈도 없어서 옛날 친구랑 투룸 살아요. 연예인 다시 하라면 할 수는 있겠지만 내가 받는 사랑이 전부 측은함과 꼴림에서 비롯된 걸 알았을 때부터… 쯤에서 나는 아주머니 눈에 눈물이 고인 걸 봤다. 10년 전이었다면 그게 감동 받아서 그런 거라고 착각했겠지만, 이제는 하품 참는 거란 걸 알 수 있었다. 그래서 내 얘기를 멈추고 아주머니의 근황을 물었다.

"〈독서실〉이라는 케이블TV 예능 디렉팅을 맡았어."

"아, 본 것 같아요!"

"아직 시작 안 했어."

"기사를요!"

"골든벨을 준비하는 청소년들의 공부하는 모습을 관찰하는 청춘 예능이 될 거야. 여하간 캐스팅을 진행 중인데… 공부를 월등하게 잘하는 적당히 영향력 있는 소녀의 고정 출연을 원하고 있거든."

"…그게 저인 거겠죠?"

잠깐의 침묵이 맴돌았다.

"엄마 딸도 거기 나올 거야. 한 번만 부탁할게, 현지야."

"주이예요."

"그래, 주이야."

나는 그때 왜 하겠다고 대답했을까. 멘트도 안 하고 그래도 돼. 애들 몇 명이랑 기숙사에서 공부만 하면 돼. 내게 애원하는 아주머니의 표정에서 무언가를 보았던 걸까. 아니면 그저 마음이 약했던 걸까. 원하는 걸 얻은 윤주 아주머니는 택시를 타고 가 버렸다. 전화하겠다는 말만을 남기고.

속은 기분이었다.

괜히 분해서 건네받은 〈독서실〉 대본집을 근처 풀숲에 던져 버렸다. 그런데 갑자기 짧은 비명이 들리더니 풀숲 더미에서 슬아가 튀어나왔다.

"네가 왜 거기서 나와?"

함께 집까지 걸어오는 동안, 슬아는 계속해서 좋알댔다. 본래는 저 사람 따라가서 추천 영상 부탁할 계획이었는데 모범택시를 타 버릴 줄 몰랐어. 하지만 더 잘됐네! 주이야, 나 그 프로에 게스트로 꽂아 줄 수 있냐…길래 딱 잘라 말했다.

"그런 방송 아니야."

슬아는 시무룩해졌다. 만약 올해도 떨어진다면 슬아는 사수를 한 게 되니까. 연예인 자녀들에게 밀려서 '좋아요' 100개도 못 받는 무명 수험생 생활을 잘도 4년이나 한 셈이다. 유명세를 타고나지 못해서, 매년 수시 1차 심사에서 걸러질 때마다 슬아는 외쳤다.

"연예인 적폐 새끼들!"

나는 함께 정시 준비하자고 조언했지만, 애가 공부하기는
또 싫단다. 어쩌란 것이냐. 자기가 적폐 타령해 놓고, 집으로
돌아와서 짐을 싸는 동안에도 꽂아 줘, 꽂아 줘, 꽂아 줘,

싫어, 싫어, 싫어.

평창동 기숙사.

그렇게 시간이 왔다. 근데 관찰 예능이, 원래 이렇게 대놓
고 관찰하는 건가? 택시에서 내리는 순간부터 찍어 대기 시
작한다. 나는 꿋꿋이 못 본 척하며 캐리어를 끌고 계단을 올
랐다.
기숙사는 예상보다 훨씬 좋았다.
내가 아직 어렸을 때, '현지' 역할 오디션을 보기도 전에,
〈하트 시그널〉을 보면서 "저런 곳에 살아 보고 싶다"라고 생
각했는데, 어떻게 보면 지금은 오묘하게 꿈이 이뤄지는 순간
이었다.

로비에서 독 피디라는 사람과 인사를 나누고, 나는 짐을
풀기 시작했다. 그런데 그건 내일 찍어야 하니 세면도구만 꺼
내란다. 나는 시키는 대로 캐리어를 맡긴 뒤, 기숙사를 한 바
퀴 돌았다. 그리고 로비로 돌아와 룸메이트들 정보를 살폈다.

세상의 온갖 기구함이 그 A4 용지 한 장에 다 모여 있었다.

십수생 김민주.
국어사전 외우는 국순당.
8개 국어 가능한 샘 해밀톤.
노력 천재 이주이.

"잠깐만. 내가 왜 노력 천재야."
"연예인 대표라고 하긴 좀 그렇잖아."
언제 왔는지, 윤주 아주머니가 옆에서 내 말을 받아 줬다.
다른 걸로 바꾸면 안 되냐고 말해 보려다가… 아니지, 나는
여기 촬영하러 온 게 아니라 공부하러 온 거잖아. 괜한 직업정
신을 무시하며, 나는 나머지 인물들도 살폈다. 다들 고만고만
한 노잼인데, 한 명이 유독 눈에 띄었다. 멘탈 대장 하영리.
"멘탈 대장은 뭐예요."
"열아홉 살에 우울증, 조울증, 대인기피증 전부 완치한 대
단한 애야."
"아주머니 딸 아니에요?"
"맞아."
"주말 저녁인데 같이 안 있어요?"
비꼬려고 물어본 거였다. 그런데,
"곧 여기로 올 거야."

그렇다니 할 말이 없어졌다. 피디가 보충 설명했다. 오늘은 메인 캐릭터 두 명만 따로 딸 거다. 쭉정이들은 내일 아침에 올 거다. 우리 프로에 있어서 중요한 건 너희 둘의 캐미야. 여고생 같은 느낌을 내 주면 돼. 30, 40대 시청자들이 과거의 향수에 젖게.

"알겠지?"

그쯤에서 하영리라는 애가 도착했고 화장을 시작했다. 그사이 나는 부엌에서 요리를 했다. 당연히 시켜서 하는 거다. 캔모아 감성이란다. 'PC방 학교' 세대라 그게 무슨 말인진 몰라도, 그냥 시키는 대로 토스트와 우유를 가지고 식탁으로 갔고, 거기엔 이미 하영리가 앉아 있었다. 카메라 on. 첫 인사를 할 시간이었다. 나는 내가 이미 알고 있는 걸 물었다.

"네가 윤주 아주머니 딸이야?"

"No, I am just me."

"뭐?"

"Only English. We are student."

그 어눌한 발음을 듣자마자 나는 미친 듯이 웃었다.

"시켰지? 영어 하라고."

그리고 피디와 윤주 아주머니를 번갈아 가며 쳐다봤다.

"What are you doing?"

하영리가 물었다. 살짝 높아진 톤이었다. 그 후로도 영어는 꿋꿋이 계속됐다. 이것이 멘탈술사의 위엄인 것인가. 하도

지속되니 나조차도 이 컨셉질을 받아 줘야 할지 말아야 할지 갈등됐다.

"What does your mom want you to be?"

하지만 애가 선을 넘어 버렸다. 나는 순간 열이 확 뻗쳤으나, 촬영 중이란 걸 알고 있었다.

어떻게 하면 이 순간이 '방송 불가' 될까.

화내면 안 된다.

재밌어지니까.

울어도 안 된다.

재밌어지니까.

"우리 엄마는 돌아가셨어."

그래서 나는 내가 할 수 있는 최대한의 무표정으로, 그제야 빵을 집어 먹으면서 대답했다.

"암으로. 나 PC방 학교 다니기도 전에."

"…미안해."

그런데 애가 훌쩍이기 시작했다. 나는 무표정하게 우유를 따랐지만, 사실 속으로는 좀 당황했다. 지가 미안하다면서 울어 버리는 애들은 진짜 인성쓰레기다. 그래 놓고는 다짜고짜 내 손까지 잡는다.

"진짜 미안해…"

나는 그 가식적인 어색함을 참을 수가 없었다. 이러면 '예고편 출연 100%'라는 걸 알면서도 기숙사 문을 박차고 나왔다. 윤주 아주머니가 따라와서 나를 붙잡았다.

"영리가 대화하는 법을 못 배워서 그래."

잔뜩 자극해 놓고 내가 반응하니까 그럴 의도가 아니었다, 이 지랄. 솔직히 일부러 그런 거면서. 뻔히 내 가정사 알면서, 일부러 자극해서 "카메라 찍지 말라고 했어!" 찍으려고 그런 거면서. 자막으로,

도대체 그들에게 벌어진 일은?

깔려고 그런 거면서. 차라리 대본을 볼 걸 그랬나. 그랬다면 지금 내 손을 붙잡고 애원하는 내 유년기의 영웅에게 뭐라고 대답하면 되는지 알 수 있었을 텐데. 내가 우물쭈물하는 사이 카메라 감독과 스태프들이 쫓아왔고, 그중에는 구지 스카프로 눈물 닦는 하영리도 있었다.

예고편이 방송됐다.

다행히 그 장면은 편집됐다. …아니, 사실 잘 모른다. 나는 안 봤거든. 그저 슬아에게 전화가 왔을 뿐이다.

"아, 드럽게 재미없어."

슬아가 중계해 줬다. 자막과 함께 올라가는 타이틀. 우리의 공부는 설렘이 되고, 설렘은 다시 공부가 된다. 공부로 교

감하고, 공부로 성장하는 청소년 열 명의 Vlog 〈독서실〉. 거기까지는 괜찮았단다. 하지만 문제는 N서울타워가 등장하면서부터였다.

"맞아, 나도 올라가면서 빡쳤어."

목표하는 학교 이름을 자물쇠에 적는다. 정신 수련을 위해, 그걸 N서울타워 꼭대기에 걸고 온다. 물론 걸어서. 그게 1화 대본에 적힌 내용이었다.

굳이?

라고 생각했으나, 나만의 생각이었다. 나를 제외한 〈독서실〉 멤버 모두는 좋아했다. 하긴. 뭐가 싫겠냐. 평생 보지도 못했던 카메라가 자기들 찍어 주는데. 세미 연예인으로서의 삶에 취해 있었겠지.

하지만 그 설렘은 오래가지 못했다. 모든 카메라가 하영리만 촬영했다. 똑같이 헉헉대며 올라가는데, 누구는 현란하고, 누구는 고독하고. 나는 차라리 그게 편하단 걸 알지만… 한평생 일반인이었던 놈들은 어떻게든 카메라에 들어 보려고 앞으로 뛰어갔다. 그래 놓고 겨우 카메라 앞에 서면 힘들어서 멘트 안 하고 헉헉대기만 했다.

"배부른 소리 하지 마. 나였어도 뛰었다."

수화기 너머의 슬아가 말했다.

"하여간 피디 새끼가 제일 찌질해."

"너 근데 어디서 전화하고 있냐?"

"기숙사."

"와, 개쎄네."

"괜찮아. '꿈꾸는 다락방'이니까."

"아, 나도 봤어."

기숙사에서 유일하게 카메라, 마이크 하나도 없는 비밀 공간. 예고편은 '꿈꾸는 다락방'을 비추면서 끝났다고 한다. 금방이라도 본편 1화에서 무슨 일이 벌어질 것처럼. 하지만,

"얘들아, 제발 말 좀 하면서 공부해."

피디가 기숙사에 찾아와서 애원할 정도로 아무 일 없다. 오죽 급했으면 피디는 평생 공부만 했을 애들에게 상황극을 제안했다. 문과, 이과 파벌 나눠서 싸워 볼까?

PC방 학교 졸업한 애들한테 초중고 시절 재연을 부탁하다니.

저런 피디와 함께라면 수시 시작하기도 전에 조기종영할 게 분명했다. 아무튼 그 전에 뽕 하나라도 더 뽑자고 생각하며 나는 500만 원짜리 학습 책상이 있는 학습실로 들어갔다. 골든벨이 불과 네 달 앞으로 다가왔으니, 하루하루가 압박이었다.

그런데 누군가 따라왔다.

"저기… 잠깐 얘기할 수 있어?"

하영리였다.

"Why?"

"하고 싶은… 아니, 해야 할 얘기가 있어서…"

"Duh…"

"얘기해도 괜찮지?"

나는 그냥 무시하고 책상 문을 탁 닫아 버렸으나 생각해 보니까 이건 〈스카이캐슬〉에 나왔던, 밖에서밖에 안 열리는 공부 책상이라서 다시 열어 달라고 부탁할 수밖에 없었다. 문이 열리자마자 부담스럽게 그렁그렁한 눈동자가 나타났다.

"네게 준 상처를 풀어 주고 싶어."

"그건 죄책감을 덜려는 자네의 이기심일세."

"흑, 흐흑. 흑."

또 시작이었다.

"울어서 미안해. 나도 잘하고 싶은데 잘 안 돼."

1화가 방송됐다.

모두의 예상을 뛰어넘고 시청률은 30%를 기록했다. 물론 0.30%다. 케이블인 걸 감안해도 상상 이상의 폭망이었다. 사람들은 시험에는 관심 있어도 공부에는 관심이 없다. 그걸 뒤늦게 깨달은 제작진은 콩가루를 날렸다. 특히 독 피디와 하영리 엄마.

"너 딸 끼 없는 거 알지?"

"너 편집 참으로 못한다고 봐."

굳이 우리가 다 듣는 앞에서 싸웠다. 충분히 세상살이 배우신 분들이 왜 저럴까. 증오는 숨길수록 좋은 건데. 하지만 괜한 걱정이었다. 공과 사는 구분할 줄 아는 분들이었다.

"촬영 시작할까요?"

"하영리, 내려와 봐."

그들은 촬영이 시작됨과 동시에 프로페셔널해졌다. 연기자들 다 모아 놓고 어떻게 하면 이 부진을 뛰어넘을 수 있을지 회의를 했다. 그게 어쩐지, 질문을 가장한 요구처럼 느껴져서 나는 불쾌했는데, 나머지 애들은 아주 그냥 열심히 의견을 냈다.

99단이라도 외워 볼까요?

한국사쏭이라도 만들어 볼까요?

너네 공부는 안 하냐. 절로 그런 생각이 들었다만… 어쩔 수 없는 노릇인 걸 알았다. 옛날에는 어떤 직업을 가질 때 잘하고 못하고가 중요했다면, 이제 잘하는 건 당연한 거고, 그 이상의 부가적인 서비스를 줘야 하니까. 축구선수도, 가수도, 수험생도 마찬가지다. 노잼은 죄다. 공부 잘하면서 재미도 있어야 한다. 노래 잘 부르면서 재미도 있어야 한다. 축구 잘하면서 춤도 잘 춰야 한다. 아무튼 증명해야 하는 세상이니까.

그리고 프로그램 입장에선, 증명하기 위한 방법이 크게 세 가지가 있지. 첫 번째,

게스트를 꽂아라!

기숙사 문이 열리더니 갑자기 코코가 등장했다. 우리는 함께 99단을 외우고, 한국사쏭을 불렀다. 하지만 무슨 의미가 있겠는가. 팬들만 VOD로 챙겨 보고 말지. 2화 시청률도 별반 다를 바 없었다. 더구나 음침한 하영리와 발랄한 코코로만 채워진 2화는 몹시 기괴해서,

Youtube에 올라간 〈독서실_2화클립_코코아처럼 달콤한 코코의 응원!〉은 '좋아요'보다 '싫어요'가 훨씬 많았다. 결국 〈독서실〉의 정체성은 다음 챕터로 넘어갔다. 두 번째,

러브라인을 만들어라!

한참 '아노미 이론'을 외우는데, 피디의 호출이다. 부엌으로 갔더니, 식탁 위에 네 개의 도시락이 올려져 있었다. 조잡한 플래카드도 함께였다.

"독서실 첫 인상 선택!"

이곳의 구성은 여자 여섯에 남자 넷. 안타깝게도 폴리아모리는 없다. 즉 선택받지 못한 여자 두 명은 혼밥을 해야 했다. 도대체 이게 언제 적 포맷인가 싶었지만, 막상 남자놈들이 도시락을 들고 이쪽으로 다가오니 긴장이 됐다. 하지만 나는 지목을 받았음에도 거절했다. 대체 이게 뭔 지랄인가. 그렇게 나는,

하영리와 함께 남겨졌다. 네 쌍의 커플은 협찬받았다는 뷔페 식당으로 떠나고, 우리는 제작비로 결제했다는 한솥 도시락과 함께 부엌에 남았다. 이건 사담이지만, 한때 나는 이 애의 인생을 부러워했다. 아역배우를 하던 시절의 얘기다. 윤주 아주머니와 육아예능을 찍는 하영리를 보며 '가족'이 있다는 걸 부러워했지만, 지금

난리를 치고 있는 아주머니를 보면, 차라리 보육원이 나았다 싶다. 그래도 친구들은 좋았으니까. 회차, 솔미, 또봉이.

"내 딸이 뭐가 모자라! 남자들 다 미친 거라고 봐."

하지만 윤주 아주머니의 고함이 내 감성을 깨 버렸다. 윤주 아주머니는 막내 스태프들에게 자신의 화를 풀고, 그 앞에서, 하영리는 초연하게 인터뷰를 했다.

"다음번엔 더 밝게 노력해서… 선택받을 수 있게 할게요."

어딘가 딱하다는 생각이 들었으나, 책임져 줄 수 없기에

나는 가만히 있었다.

수시 원서 접수가 시작됐다.

다양한 대학교에서 자체 '수시 오디션'을 내보냈다. 과연 올해는 어떤 학교가 원서비를 제일 많이 걷고, 제일 높은 시청률을 기록할까. 언제나 사람들의 관심은 수시에만 있었다. 길고 머리 아픈 정시보다는 빠르고 다이내믹한 수시였다. 하지만 올해는 달랐다.

자,

서론이 길었으니 본론을 바로 얘기하겠다. 〈독서실〉 3화가 대박이 났다. 덕분에 세 번째이자 마지막,

싸움을 붙여라!

는 발휘되지 않았다. 〈독서실〉의 포맷은 '공부 Vlog'에서 '수험생 로맨스'로 완벽히 자리 잡았고, 애들은 디스 대신 피스를 통해 사랑을 나눴다. 벌써 썸 한 쌍도 탄생했다. 십수생 민주 언니랑 국어사전 국순당. 골든벨 네 달도 안 남았는데 카톡 프로필 뮤직 고르고 있는 거 보면 민주 언니 십일수 확

정이지만,

순식간에 둘은 〈독서실〉의 메인 캐릭터로 떠올랐다. 저 정도의 유명세라면, 굳이 골든벨을 치르지 않아도 내년도 수시에서 앞다퉈 데려가려고 난리이리라. 뭐, 굳이 둘 뿐만이 아니라

모두에게도 좋은 일이었다. '수험생 연애극'이 되면서 성격 파탄자 이주이와 쑥맥 하영리의 입지는 자연스레 밀렸고, 더 이상 〈독서실〉 메인 포스터에는 우리 얼굴도 없었다. 대신 한 달 전까지만 해도 일반인이었던 이들이, 불과 몇 회 방송 만에 몇십만 명의 SNS 팔로워를 거느리게 되었고, 그동안 엑스트라에 불과했던 설움을 하영리에게 품과 동시에, 여론을 교묘히 활용했다. 이를테면 4화 방송에서 국순당은 민주 언니와 썸을 타는 동시에 박예진과도 미묘한 기류를 유지했다. 그러니 국순당이 인스타그램에 스파게티 사진 올리고

#같이먹으니더맛있다

라고 올리기만 해도, 수백 개의 해석이 댓글로 따라붙었고, 이는 즉,

공부에 대한 동기부여 상실로 진행됐다. 왓더퍼킹 소셜미
디어. 다들 공부 안 하고 소파에 누워서 스마트폰만 쳐다봤다.
〈독서실〉에서 독서실을 이용하는 건 나뿐이었다. 본래 공부
는 혼자 하는 거라고들 하지만, 그래도,

내가 외운 걸 확인해 줄 사람은 필요했다. 마음 같아선
'봉천동 오피스텔'로 돌아가 슬아에게 점검받고 싶었지만, 계
약조건 때문에 나갈 수가 없었다. 만약 초창기의 조건대로,

[매주 벌어지는 자체 모의평가에서 1등한 학생은 네 시간 외출권을
받는다!]

그게 계속 유지됐다면 나는 벌써 다섯 번은 나갔겠지만,
이제는 [사랑에 성공해야만 외출할 수 있다]로 룰이 바뀌었다. 법은
해석의 학문이기에 여론을 반영하는 것이다…라고《법과 정
치》교재에 쓰여 있듯.
"같이 공부할래?"
결국 나는 히터 옆에 쪼그려 앉아 있는 하영리에게로 다
가갔다. 나머지는 전부 다 피디, 감독 들과 함께 데이트하러
나가서 선택권이 없었다. 마더텅 본문 외운 걸 점검받을 요량
이었다. 그런데 분명히 실수했는데도 하영리는 계속 눈을 끔
뻑거렸다. 두 번, 세 번, 그래도 마찬가지였다.

"제대로 보고 있는 거 맞아?"

나도 모르게 시니컬한 목소리가 나왔다.

"…아."

"피곤해? 하기 싫으면 억지로 하지 마."

"아니, 그게 아니라… 나 사실 말할 줄만 알지 미국말 읽을 줄은 몰라서…"

"…"

"아, 영국 말인가…"

멘탈술사, 이래도 되는 거야? 멘탈이 좋은 게 아니라 멘탈이라도 좋은 거였던 거야? 나도 모르게 한숨이 나왔고, 그러자 하영리는 더욱 눈치를 봤다. 그 순간, 갑자기 기숙사 현관문이 열리더니 독 피디가 들어왔다. 마주 보고 앉아 있는 우리를 보고는 놀라워했으나, 그것도 찰나일 뿐 그는 냉장고에서 바닐라 아이스크림을 꺼냈다. 그게 목적이었다. 하지만 그냥 가기는 뻘쭘했는지, 굳이 우리 쪽으로 다가와서 한마디를 건넸다.

"서로 싫어한다며?"

하영리는 당황해서 손을 휘저었다.

"아니에요. 나는 싫어하지 않아요. (나를 보며) 싫어해?"

"주이 유명한 사람이야. 그러니까 너 싫어하는 거야. 주이는 스타란 말이야."

독 피디는 그렇게 갑분싸 만들어 놓고 혼자 나갔다. 이 상황에서 다시 본문 외우면 어떻게 될까. 나는 자연스럽게 일어나서 자리를 피하려고 했는데, 얘는 침실까지 나를 따라왔다. 말은 나더러 공부 알려 달라고 하지만, 혼자 있고 싶어 하지 않는 티가 났다. 애가 외로운 게 보이고, 사람들이 못되게 구니까 안쓰럽고 안타까운 마음에 챙겨 주고는 싶은데,

솔직히 호감은 아니니까 깊게 친구 하기는 싫고, 딜레마였다.

"그래서 나를 찾아온 거야?"

"역시 수시충이라 눈치 빠르네."
"근데 너 이렇게 막 외출해도 돼?"
"어차피 이제 나 신경도 안 써. 카메라 다 연애 찍어."
"와, 연예계 존나 냉정해, 진짜."
"공부계야."
"어, 저기 왔네. 야, 하영리야."

잠시 후.

"그러면 나는 문제집 사러 서점 가 볼게. 둘이 좋은 시간 보내!"

물론 핑계다. 문제집은 가방 속에 충분히 있다. 나에게 필요한 건 그저 조용한 공간이니, 각각 말동무(하영리), 연예인 친구(박슬아)가 필요한 두 명을 놔두고 나는 맘 편히 근처 탐앤탐스로 갔다. 2층 창가 자리에서 고독한 공부를 즐겼다. 촬영보다, 연애보다 훨씬 재밌는 미적분. 하지만 문제가 생겼다. '우공비'까지 끝내고 나니 더 풀 문제집이 없었다. 지난 반년 동안 모든 문제집을 섭렵한 것이다.

그래서 오답노트에 있는 문제들을 새로운 전제와 함께 다시 풀었다. 이를테면 양말 젖은 채로 풀기, 샤프 부서져서 네임펜밖에 못 쓰는 상황에서 풀기 등등. 골든벨에서 발생할 수 있는 모든 악조건에 대비했다. 그렇게 점차 난이도를 높여 가는데,

"사인해 주세요."

누군가 말을 걸어 왔다. 천장에서 떨어진 물방울이 왼쪽 눈에 들어가서 오른쪽 눈밖에 못 뜨는 와중에 갑자기 '수능 금지송'이 떠올라서 자꾸만 후렴이 환청처럼 들려오는 상황에서 A4 두 장짜리 비문학 독해 문제 풀기를 연습하던 중이었다. 여기에 팬서비스를 해야 한다는 악조건까지 붙은 셈이다. 물론 제한시간은 1분이다. 나는 황급히 사인해 주고 다시 지문을 읽으려 했다. 그런데 팬분이 내민 종이를 자세히 보니까 계약서였다. 무슨 이런 놈이 다 있나 하고 얼굴을 보니까 윤주

아주머니였다.

"뭐야."

"뭘 뭐야야."

1분 땡!

'기가 지니'가 요란스럽게 알람을 울렸다. 나는 침착하게
기기 전원을 껐다. 어차피 공부하기는 글렀으니 계약서나 살
폈다. '이주이와 하영리가 서로에게 상해를 입혀도 책임을 물
지 않는다'라는 내용이었다.

"아니, 이건 또 무슨 소리예요."

"둘이 타이틀 매치 한번 해야 한다고 봐. 장충체육관 잡아
놓을게."

사람들은 사랑 구경보다 싸움 구경을 더 좋아한다. 그게
방송 분량 줄어드는 이주이와 하영리의 구원책이 된다는 거
였다. 하지만 동의할 수 없는 게, 애초에 나는 〈독서실〉에 방
송하러 온 게 아니라 공부하러 온 거다. 건축학과에 입학하는
꿈을 이루기 위한.

"결론부터 말할게."

윤주 아주머니가 내 커피를 훔쳐 마시면서 말했다.

"애초에 네 꿈같은 건 관심 없었어. 나는 우리 딸이 슈퍼
스타 되는 게 꿈이라고 봐. 딱 너 전성기만큼."

"제 인생의 전성기는 지금이에요. 근데 다들 방해하고 계시잖아요."

"아무튼 사인할 때까지 너 쫓아다닐 거니까 그렇게 알아."

카페 안의 사람들이 힐끔힐끔 우리를 쳐다봤다. 나는 하는 수 없이 카페를 나왔다. 윤주 아주머니는 어디서 주워 왔는지 앙상한 나뭇가지를 들고 얼굴을 가려가면서 나를 쫓아왔다. 결국 '평창동 기숙사'로 돌아올 수밖에 없었다. 하영리와 박슬아는 여전히 원목 소파에 나란히 앉아 있었다.

"얘기 잘했냐?"

"아, 깜짝이야."

슬아가 소스라치게 놀랐다. 그러고는 평소답지 않게 짜증을 냈다. 왜 놀래키냐고. 어딘가 분위기가 이상했다. 이 자식들. 내 뒷담하던 거 아니야?

"아니, 아니야…"

하영리가 소심하게 손을 내저었다. 하지만 분명 뭔가 있다. 내 눈치는 100단이거든. 이윽고 나는 우리들 사이에 맴도는 비밀을 눈치채고는 호탕하게 웃었다.

"둘이 벌써 절친 됐구나! 내가 서운해할까 봐 못 말하고 있는 거지?"

새벽에 전화가 왔다.

"야, 아까는 거짓말한 거야. 걔랑 하나도 안 친해졌어."

"으… 으응… 우웅… 어…. 아이, 왜 전화질이야…"

"…너, 진짜 눈치 못 챘냐?"

그때 그냥 전화를 끊어 버렸던 걸 후회한다. 하지만 정말
이지 너무나도 졸렸고, 다시 내 잠을 깨운 건 하영리였다.

"주이야. 피디 선생님이 우리 다 모이라 그랬대…"

로비에는 모두가 모여 있었다. 카메라는 없었다. 씻지도
않고 간 보람도 없게, 피디는 다짜고짜 우리에게 욕을 지껄였
다. 최근 시청률 침체기를 탓했다.

"너네가 뭐라도 된 거 같지?"

당연히 성장기가 있으면 침체기도 있지. 그걸 피디가 모르
는 게 아니다. 그저 애들이 슬슬 뜨기 시작하니까 기선제압을
하려는 거다. 누가 갑이고 을인지 확실하게 매김하려는 태도
다. 그렇기에,

"다음 주가 마지막 회가 될 수도 있어. 어?"

저게 헛소리라는 건 내가 제일 잘 안다. 그저 겁을 주려는
거다. 그런데 신기하게도 나를 제외한 모두가 겁을 먹었다. 한
동안 정적이 계속됐다. 그 안에서 갑자기

띠, 띠, 띠.

하는 도어록 소리가 들렸다. 나는 머리를 움켜쥐었다. 현관문을 열고 들어온 게 슬아였기 때문이다.

"넌 뭐야."

피디가 심드렁하게 물었다.

"아, 저는 주이가 부탁해서 영리 메이트로 온 박슬아라고 합니다! 저도 카메라에 나오면 안 될까요?"

"꺼져, 근본도 없는 주제에."

"네! 근본은 어디서 채우면 되나요?"

슬아는 계속 싹싹하게 굴었다. 하지만 시기가 잘못됐다. 피디는 잠시 나를 노려보더니 나가 버렸다. 출연자들은 각자의 방으로 흩어졌다. 외부인인 슬아는 오갈 데가 없었다. 그래서 내게로 왔다. 침울한 표정과 함께.

"나 진짜 1분 1초가 급해. 다음 주가 수시 1차 스피치란 말이야…"

"너는 왜 그렇게 대학 가고 싶어 하냐."

"대학만 가면 잘 풀릴 테니까."

슬아도 참 불쌍하다. 연예인 딸로만 태어났더라도 비위 맞추며 살지 않았을 텐데. 하영리가 나타나자마자 표정 싹 바꾸고 춤추는 모습을 보라. 하영리는 그런 노력을 알아주지도 않고 내게로 왔다.

"주이야, 시간 괜찮아?"

"나? 왜."

하영리는 고민 상담을 해 달라고 부탁했다. 이럴 줄 알고 내가 고용한 친구가 소파에 앉아 기다리고 있지. 하지만 하영리는 슬아를 거들떠보지도 않았다. 대신 내 팔목을 잡고 애원했다.

"같이 가 줘."

"어디로?"

꿈꾸는 다락방.

나를 데려간 건 카메라가 없는 곳이었다.

"엄마가 그러는데… 우리가 열심히 안 해서 다음 주에 종영하면 기숙사에서도 나가고 다 헤어져야 한대."

그때부터 어딘가 불길했지만, 장소의 기운 때문이라고 치부했다. 하지만 하영리가 다짜고짜 내 손을 잡으며 숨을 몰아쉬었다. 먼지가 날리는 것을 통해 그 숨이 얼마나 거칠고 가파른지를 알 수 있었다. 나로서는 몹시 당황스러웠다. 보건보육부로부터 타이틀곡 가사를 건네받았던 열여섯 살 때보다 더 당황스러운 열아홉 살의 가을.

"너랑 사귀고 싶어."

그 순간 갑자기 바닥의 나무판자가 갈라지더니 잠복해 있던 카메라맨이 등장했다. 하영리가 깜짝 놀라서 비명을 질렀다. 카메라맨은 뻔뻔하게 무전기를 들고 전보를 쳤다.

"미쳤습니다! 지금 빨리 다락방으로 와 보세요!"

소식을 들은 사람들이 곧장 다락방으로 올라왔다. 선두에 있던 윤주 아주머니가 다짜고짜 내 멱살을 잡았다. 아무래도 타이틀매치는 우리 둘이 해야 할 분위기였다.

"이 여우!"

"…"

"내가 우리 애 우울증인 거 인정하기도 얼마나 힘들었는지 알아? 가난하지도 않고 엄마가 비루하지도 않은데 뭐가 우울해. 그래도 인정했다고 봐. 애를 위해서. 근데 이젠 레즈야?"

울고불고 난리 치는 윤주 아주머니와 달리 피디는 의외로 침착했다.

"〈독서실〉을 청소년 퀴어 연애쇼로 만드는 거야! 나는 무지개 피디가 될 수 있어!"

가만히 듣고 있으니 웃겼다.

"제 입장은 없어요?"

"뭐가?"

"얘 제 스타일…"

아니라고 하려다가 멈칫했다. 혹시나 내 말을 들은 하영리가 극단적인 선택을 할까 봐 두려웠다. 그래서 말을 바꿨다.

"저는 연애할 생각 없어요. 대학 가기 전까지."

"그럼 썸 탈 생각은?"

피디는 아예 썸을 타는 구체적인 방안을 제시했다. 모두가 그 계획을 들었다. 패널들, 스태프들, 슬아까지. 피디는 몇 번이고 지켜보는 모두의 앞에서 이게 기회라는 걸 강조했다. 기회. 피디에게는 돈 벌 기회. 하영리에겐 사랑할 기회. 윤주 아주머니에게는 재기할 기회. 슬아에게는

무슨 기회였을까.

모르겠다. 중요한 건 기회였다는 거다. 그리고 슬아는 그걸 살렸다. 정확히 표현하자면 가로챘다.

"안녕하세요, 천상계대학교 수시 시청자 여러분. 저는 이 자리를 빌려 숨겨 왔던 사실을 말씀드리려 합니다. 저는 여성이지만 여성을 사랑합니다. 입시 자기소개서에서 이를 밝힌 이가 있던가요?"

나로서는 어처구니가 없었다. 맨날 퀴어 축제 시끄럽다고 욕하던 애가 저러고 있으니. 한데 그 어처구니없음이… 슬아를 처음으로 '수시 1차' 문턱을 통과하게 만들었다. 무수히 많은 국민 면접관으로부터 지지를 받게 만들었다. 〈독서실〉로서는

뒤통수를 당한 셈이다. 뭐, 나는 상관없다. 문제는 상관있

는 사람들이 주변에 가득하다는 것이지. 윤주 아주머니의 태도는

싹 바뀌었다.

어떻게 사람이 저럴 수 있을까 싶을 정도로 달라졌다. 당장 〈독서실〉을 하영리, 이주이를 메인으로 한 퀴어 예능으로 바꾸라고 소리쳤다. 혼인 계약서라도 들고 올 판이었다. 그 바람에 나는 하영리와 함께 억지로 저녁 식사를 하는 장면을 촬영해야 했다.

"너는… 내가 왜… 좋은데."

"그냥 계속 의지하고 싶어."

이어서, 대본.

"주이야, 나는 너를 좋아해. …너는 어때?"

대중들은 내 대답을 궁금해했다. 그렇기에 제작진들은 나를 입단속했다. 어차피 대답할 생각도 없었는데, 대답하지 말라고 강요받았다. 그런 건,

"마지막 회에 해."

그러면서 데이트는 시켰다. 서로에게 추억의 장소 소개해

주기. 하지만 지난 인생 동안, 나는 별다른 추억이랄 게 없다.
그래서 하영리의 추억이 있다는 한강으로 먼저 갔다.

추억은 무슨.

어디서 본 건 있어 가지고. 그냥 한강 데이트 하고 싶었던
거겠지. 그런데… 또 울어? 나는 어쩔 수 없이 달래 줘야 했다.
소매가 축축해져서 짜증이 났다. 공부해야 되는데… 건축학
과 가야 하는데… 그런 짜증 플러스 '어디로 가야 할지에 대
한 고민' 때문에 나는 하영리가 말하는 한강에서의 추억에 귀
를 기울이지 않았고, 그다음 촬영지는 결국

애초에 예상했던 대로 화곡시티 보육원이 됐다. 자그마치
10년 만이었지만, 변한 게 없었다. 또봉이가 공부하던 책상도,
솔미와 내가 부숴 버린 시소도 그대로였다.

그걸 이용하는 보육원 아이들이 풍기는 분위기는 사뭇
달랐다.

뭐랄까. 애들 같지가 않았다. 불러도 들은 척을 안 했다.
이게 뻔한 건지, 아님 내가 변한 건지. 겨우 선생님의 도움을
받아 애들을 카메라 앞에 앉혀 놓았건만, 다들 아무 말도 않
았다. 결국 나와 하영리가 먼저 자기소개를 했다. 열아홉 살이
라고 하자 아이들은 감탄했다.

"우와, 어른이다! 어른이면 차 있어요?"

"음… 아니."

"집은요?"

"…흠."

"친구는요?"

"…"

"어른 왜 됐어요?"

"나도 내가 되게 우울하고 외로운 사람이란 걸 알아. 항상 내가… 이상한 분위기를 풍겨? 근데 나도 그걸 일부러 풍기는 게 아니라… 무의식적으로 풍기는 거란 말이야. 근데 사람들이 다 알아채는 거야. 그리고 굳이 나한테 말해. 훅 들어와. 그러면서… 나는 더 작아져. 얼마나 내 공허함에 사연도 모르면서… 사람들이… 노는 거야. 나는 그냥 따스함을… 아니, 솔직함을 바랐던 건데… 결국은…"

쯤에서 나는 말을 끊었다. 그저 "내가 왜 좋은데." 하고 질문했을 뿐이었다. 그런데 하영리에게서 그런 투머치토킹이 돌아왔다. 물론 내가 자초한 일이다. 그래서 말을 끊고 한 번 더 물었다. 뭐, 나를 좋아하는 사람은 많았다. 아이돌 시절. 인스타그램 DM으로

칭찬인지, 놀리는 건지 모를 이유들을 많이 받아 봤다. 하지만 그중에 "…나이가 같아서."란 이유는 없었다. 나는 아무

말도 하지 않았다. 그러자 하영리는 어떻게든 면접에 합격하고 싶어 하는 수험생처럼 안달이 났다. 여러 이유들을 덧붙였다. 그러니까… 사회생활 하면서 친구… 친구를 만나기 어려운데… 나도 너처럼

당당한 사람이 되고 싶었고… 그런 모습들이 부럽기도 하고… 불현듯 내가 그런 사람이 된 걸 네가 봐 줬으면 하는 욕심이 들었어. 그래서 사귀자고 말한 거였어. 친구로서였는데…

"사람들이 그걸 이상하게… 이상하게 만들어서…."

말하는 하영리의 표정은 익숙했다. 너무 서러워서 입 주변 근육들이 굳어지는 표정이었다. 그래서 풀려면 혼자 중얼중얼거려야 돼서, "네, 아주머니, 네, 아주머니."라고 했던 나의 과거가 문득 떠오른다. 역시나. 하영리는 연신

"미안해."

라는 말을 질겅거렸고, 나는 또 마음이 약해졌다. 하지만 그 순간 휴게실 문이 열리고 윤주 아주머니가 들어왔다. 그래서 "어차피 우린 대학 가면 못 만난다."라는 말을 내뱉었다.

"그러면… 우리 같은 대학 가게 되면 내 옆에 있어 줄 거야?"

그 후 하영리는 미친 듯이 공부를 하기 시작했다. 사랑은 최고의 동기부여였다. 나는 딱 잘라 거절하지 못하고 고개를 끄덕인 걸 후회했다. 하지만 이미 공부는 시작되었다. 나날이 하영리의 성적은 올랐고, 내 성적은 떨어졌다. 이러다간 30번 문제에서 동반 탈락하여 함께 대학생활을 할 판이었다. 상상만 해도,

몸부림쳐지게 싫었다. 그래서 그걸 티를 냈다. 하지만 어른들은 애가 저렇게 노력을 하는데, 좀 착하게 대해 주라고, 응원하고 비타500도 갖다 주라고 조언했다. 하지만 나는 이미 착함의 끝에서 얻을 수 있는 건 다 얻어 봤다. 더는 착해질 이유가 없다. 그렇기에,

"하차할게요."

다들 그게 농담일 거라고 생각했다. 이렇듯 사람들은 사랑이 이뤄지지 않을 때의 고통만 알지 원하지 않는 사랑을 받는 고통은 모른다.

"못 하겠어요."

"뭐를."

"저는 골든벨하고 싶어요, 그냥."

피디님은 공부도 못 하게 만들어 버리겠다고 했다. 골든
벨 50번 문제를 미리 알고 있던 비리를 폭로할 거라고 협박했
다. 처음에는 그 말을 이해하지 못했다. 피디님이 보여 주는
영상 속에서, 코코에게 50번 문제를 전해 듣는 나를 보고 나
서야 헛웃음이 나왔다.

"저 정답 알고 있었는데요?"

하지만 어른들이 만들어 둔 제보 영상에 그런 모습은 없
었다. 코코가 내게 문제를 유출하는 장면만 녹화됐다. 아무튼
중요한 건 문제를 유출받았다는 사실이다. 그게 알려지는 즉
시, 일어날 일들은 안 봐도 뻔했다. 대중들에게 중요한 계기니
까. 진실이 아닌. 그 안에서,

나는 일개 허수아비다. 열심히 수확하는 광경을 꼼짝없이
지켜봐야 한다. 허무하다는 생각에 나는 집중을 못 했고, 그
사이 하영리의 시험 점수는 나날이 올라갔다. '사랑의 힘'이라
고 포장하기로는 모자란… 재능이었다. 사람의 암기력이 아니
었다. 머리에 '기가 지니' 심은 것 아닌가 의심될 만큼 비문학
본문, 영어 본문 등을 통째로 외워 냈다. 그 괴랄한 모습은 고
스란히 방송에 담겼고,

어느새 〈독서실〉의 주인공은 다시 하영리였다. 여러모로
한국 방송사에 길이 남을 예능이다. 일단 장르 자체가 하이브
리드다. 공부했다가, 연애했다가, 다시 공부한다. 정말로 모두
가 다시 책상 앞에 앉아 있다. 스윗가이 국순당. 십수밀당녀
김민주. 여덟 번 바람 피우다 걸린 샘 해밀튼. 다들 돌려 사귈
만큼 돌려 사귀어서 더 이상 연애할 수도 없었다. 그 안에서
유일하게 사랑을 경험하지 못한,

하영리는 누구보다 열심히 밑줄을 그었다. 나는 멍하니
그걸 바라보다가… 기숙사를 빠져나왔다. 산책을 한다는 핑계
로 내 연민의 결과물로부터 벗어났다. 그리고 룸메이트에게 전
화를 걸었다.

"나 지금 들어가."

"뭐? 나 집에 없어. 남친이랑 '청소년 클럽'이야. 수석 합격
기념 파티 중인데 너도 올래?"

"남친?"

"아, 오해 마. 나는 커밍아웃을 했지만 바이이기도 하거든.
또 다른 성향으로는…"

슬아가 주절대지만, 나는 솔직히 안 궁금했다. 남자 좋아
하든, 여자 좋아하든, 둘 다 좋아하든, 둘 다 좋아하지 않든
관심 없다. 그게 내 존중의 방식이다. 하지만 슬아는 나를 존
중하지 않았다.

"너네 피디님이 내년에 에이섹슈얼 데이트 예능 만든대. 거기에 일반인 몇 명이랑 나, 너, 하영리를 캐스팅할 거래. 그러니 미리 무성애자 될 준비 하고 계시고."

내가 원하는 건 그저 작은 무관심인데, 그게 그렇게 힘든 걸까. 도저히 못 버티겠다는 생각이 들었다. 그래서 전화를 끊고,

우리가 살던 투룸으로 돌아왔다. 방에는 초파리가 가득했다. 나는 화장실로 가서 변기 물을 내리고, 짐을 챙겼다. 어디로 갈지는 몰랐다. 다만 한 가지는 확실했다. 떠날 때라는 것. 항공권이야 당장에 끊을 수 있다. 그 정도 돈은 지난 삶을 낭비하면서 마련했고, 이제 나는 그걸 모두 지불하여 0에서부터 시작할 환경을 사려고 한다.

하지만 남겨지는 사람들은?

내 알 바 아니다. 설령 하영리가 극단적인 선택을 한다고 해도, 나는 죄책감을 느낄 이유가 없다. 생각해 보면 나는 애초에 연민을 베푼 적도 없다. 하영리 혼자 착각하고 사랑에 빠진 것이다. 내가 윤주 아주머니에게,

그랬던 것처럼. 그래서 드라마가 종영되고도 계속 연락했

던 것처럼. 대본 속의 대사들을 따라 했던 것처럼.

"주이야, 그만 좀 연락해."

결국 아주머니의 입에서 진심이 나오게 만든 것처럼.

"나 그냥 너 불쌍해서 같이 있어 준 거야."

그때부터 나는 모든 걸 그만두고 싶었지만 이미 설레발쳐서 10년 계약 도장을 찍어 버린 뒤였다. 내 청소년기는 윤주 아주머니의 무책임한 배려 때문에 낭비됐다. PC방 학교도, 학원도, 여행도 한번 제대로 못 가 보고 성인이 됐다. 물론 이게 합리화라는 건 내가 제일 잘 안다. 그럼에도 확실한 건, 하영리야,

너에겐 그저 옆에 있어 줄 누군가가 필요한 거고,
난 그 누군가가 되어 줄 수 없어.

그래서 한국을 떠났다.

그리고 돌아왔다. 지금 이곳. 박물관으로.

이제 골든벨은 유물이 됐다. 내가 한국을 떠나던 해에, 골든벨을 울린 수험생이 자살 시도를 하면서 가학성 논란이 일었다. 그 때문에 폐지됐다. 그걸 알리는 기사에는 "도주이가 만든 나비효과"라는 등의 댓글이 가득했고, 나는 골든벨에 새겨진 한 사람의 사진을 보자마자 휴대전화를 덮어 버렸다. 그리고 대사관으로 워킹홀리데이 비자를 발급받으러 갔다. 열아홉 가을의 이야기다.

지금 나는 스물아홉.

꿈꾸던 모습대로 살고 있다. 외국에서 예술대학을 다녔고, '연예인 활동' 하던 때의 감정을 토대로 그린 〈크라잉 페이스〉 연작을 통해 제법 인지도 있는 예술가가 됐다. 하지만 가끔 거울을 보면 그 속에는 러시모어산이 있는 것 같다. 살아서도 살지 못해 눈물도 안 나오는 존재. 그걸 느낀 순간부터 아무것도 창작하지를 못했다.

교수님은 내 트라우마를 예술로 승화하려 하지 말고, 현실에서 해결해 보라고 했다. 나는 언제나 그게 개소리라고 생각했는데, 막상 1년 동안 아무것도 떠오르지를 않으니 이제는 어쩔 수가 없었다. 그렇게 한국으로 돌아왔다. 택시를 탔다. 박물관에 들렀다. 미국에서는 박물관이 최소 3만 원인데, 여기는 무료였다. 문득 수업 시간에

박물관은 인류의 죄의식이라는 얘기를 들었던 기억이 난다. 절로 고개가 끄덕여지는 말이다. 그리고 그 죗값을,

나는 오늘 치렀다. 가만히, 손에 쥔 티켓을 내려다본다. 정말로 미안하지가 않다고 둘러대지만, 실은 안다. 너무나도 잘 안다. 영리의 어머니로부터 배신을 당해 봤으니까. 입 주변 근육들이 굳어져 봤으니까. 그때 나는 아홉 살이었지만 그만 살고 싶었다. 사람들이 윤주 아주머니에게 잔뜩 악플을 달아 줬으면 했다. 그렇기에

나에게 달리던 악플을 덤덤하게 받아들였다. 추적해서 죽여 버리러 간다, 도주야. 쌍욕이 가득 담긴 독 피디의 메시지를 천천히 지워 나갔다. 분명 잊은 줄 알았는데, 이렇게 골든벨 앞에 서니 하나하나 다 생생하게 기억이 나고,

이런 순간마다 자연스럽게 두 손은 모아진다. 존재하지도 않는 신을 찾고 싶어진다. 그리고 나는 얼굴 아래에 작게 새겨져 있는 이름을 봤다. 골든벨 입시 동안 유일하게 50문제 전체

를 맞힌 단 한 명.

김민주.

…뭐야. 나는 당황해서 얼굴을 다시 한번 쳐다봤다. 물론 생긴 게 다르긴 했다. 다만 나는 그게 조각가가 실력이 부족한 건 줄 알았는데. 애초에 다른 사람이었어? 지난 10년 동안의 내 창작은, 한때의 죄책감으로부터 시작됐는데 그게… 실재하지 않았던 거야?

"잘 보고 계신가요?"

언제 왔는지, 빡빡머리 남자가 뒤에서 물었다.
"저… 이제 저도 퇴근해야 돼서요."
"저기요."
나는 영리에 대해 물어보려다가 그만두었다. 시간은 어느 덧 오후 6시였다. 정신없이 박물관을 빠져나왔다. 그리고 반쯤 정신이 나간 채로 걷다가 지하철역 앞에 멈췄다. 간판이 보였다.

[재미없는역]

예전에는 '서울대입구역'이지 않았나… 하지만… 그게 중요해? 나는 휴대폰을 꺼냈다. 그리고 몇 년 만에, 한글이 가득한 웹사이트에 들어갔다. 그리고… 지난 10년간의 대한민국 역사를 공부하기 시작했다. '서울대입구역 역명 공모전'부터 '재미없어진 것들의 박물관'까지. 당연히 그 안에는 하영리의 이야기도 있었다. 그 애도 나름대로의 삶을 이어나가고 있었다. 우울 혹은 죽음에 빠져 있을 거란 건

순전한 나의 착각이었다. 하영리는 지난 시간 동안 시위를 하고, 공연도 해 왔다. 심지어 오늘 저녁에도 예정된 퍼포먼스가 있었다. 그걸 보니 문득 우리가 처음 만났던 10년 전이 떠올랐다. 그 시절 나는 대학과 자살을 찾았다. 양쪽 다 간절함에서 비롯되었지만 그 어떤 것도 구원처럼 느껴지진 않았다. 나는 단지 누군가 내 이름을 불렀을 때 당당하고 싶었고,

그건 영리도 마찬가지였겠지. 당시에는 그 애가 나약하다고 생각했지만, 돌아보면 그건 나도 마찬가지였고, 그걸 자각한 순간에서야 나는 내가 창작을 통해 무얼 하고 싶어 했는지를 깨달았다. 내가 하고 싶던 얘기는 그저 '미안하다'는 거였다. 그사이 2호선이 도착했고 나는 지하철에 올랐다. 열차 안에서 내가 '미안하다'는 말을 할 자격이 있는지를 고민했다. 그건 어쩌면 10년째 계속되는 고민이었고, 덜컹거리는 마음과

함께 결단을 내렸다.

(끝)

멸공의 횃불(Closing)

솔직히 억지로 하는 거지만, 나는 이 일에 자부심을 느낀
다. 항간에는 역대급 꿀공익이라는 소문이 돌던데, 물론 마냥
틀린 말은 아니다. 박물관에 사람이 와 봐야 얼마나 오겠냐.

하지만 수학여행 시즌이 오면 얘기가 달라진다. 간혹 가다
가 두세 양로원이 겹치는 날에는 나 혼자 500명을 감당해야
한다. 물론 대충 넘어갈 수도 있다. 하지만 말했다시피, 나는
이 일에, 이곳에 자부심이 있다. '재미없어진 것들의 박물관'에
말이다.

이유는 간단하다. 여기 있는 전시물들. 구조물들. 모두 나
의 추억과 관련돼 있기 때문이다. 예를 들어 볼까. 지하 1층 전

시장에 있던 수능 체험 부스. 한때는 다들 수능을 재밌어하던 시절이 있었지.

지하 2층 전시장에 있던 PC방 학교 부스는 또 어떤가. 아직도 그곳을 생각하면 유리문 수리비 갚아야 해서 억지로 1년간 더 일을 했던 추억이 떠오른다.

나는 그것들에 얽힌 역사, 사연을 하나하나 사람들에게 가이드해 주고 싶다. 하지만 할머니, 할아버지들은 틈만 나면 딴짓이다.

"이따 심야에 진실게임하지 않을라우?"

"교관 몰래 옥베개 싸움은 어떤가?"

뭐, 권선징악이라고 생각한다. 나도 고등학교 수학여행 때 그랬으니까. 그런데 거짓말처럼 고등학교 선생님이 내 눈앞에 서 있었다.

"설마 강 선생님?"

"코… 코… 코지호?"

"네?"

강 선생님은 앞니 몇 개가 없으셨다. 그 잇몸에서 세월의 흔적이 느껴졌다. 시간이 많이 흘렀지. 더 이상 고등학교도 없고, 선생님이란 직업도 사라지고. 때문에 강 선생님은

퇴직금도 제대로 받지 못하고, 혼자 살다가, 적적해서 양

로원에 가셨단다. 그리고 1년에 두 번 있는 양로원 수학여행에서 '재미없어진 것들의 박물관'에 왔단다. 그리고 지금 오줌 마렵단다.

"내가 호자… 화자시으 모 가는데… 도와주게."

그런데 화장실로 가니 강 선생님의 태도가 싹 바뀌었다. 방금 전까지의 멍하던 모습은 사라지고, 순식간에 몇십 년 전, 학생주임이던 모습으로 돌아왔다.

"콩진호. 내 말 똑똑히 들어."

"발음… 잘하시네요?"

"양로원 사람들은 내가 똑똑하면 피하거든."

그리고 강 선생님은 충격적인 말을 내뱉었다. 공교육을 부활시키자니. "서울대학교를 되살리자"라는 소리만큼이나 노망난 소리다. 봉인된 공부 관련된 것들을 모두 세상에 풀자. 월드컵이 폐지된 이 시점에서 공부는 모든 이들이 즐길 수 있는 스포츠가 될 거다…라고 말하는 선생님은 누가 봐도 시대에 뒤처진 이였다. 안타깝기 그지없었다.

"죄송해요, 선생님."

"왜 시도해 보지도 않고 죄송하다 그래."

"그게 아니라… 모르셨군요. 이제 공부 관련 전시물은 하나밖에 안 남았어요."

*

초창기 '재미없어진 것들의 박물관'에는 공부 관련 전시물 뿐이었다. 중학교, 고등학교, 수능까지… 하지만 사람들이 차츰 TV쇼, Youtube 등등마저 재미없어하면서 박물관에서는 재개발이 진행됐다. 박물관도 결국엔 부동산이다. 전시물들은 알아서 자기 가치를 증명하며 '내 전시관 마련'해야 한다.

하지만 전시물의 입장에서, 박물관에서도 밀려난다면, 정말로 방법이 없다. 밖으로 나가서 다시 퇴물 취급을 받거나, 명예롭게 소각장에서 불태워지는 것이다. 나는 언제나 전시물들에게 선택권을 주었다. 중학교를 불태울 때도, 고등학교를 불태울 때도 마찬가지였다.

"나의 전성기 시절이 그립구먼…."

전시물들은 언제나 우수에 젖어 있어서, 그의 유언을 들어 줘야 하는 나로서는 죽을 맛이었다. 어느덧 공부에 관련된 전시물 중에 살아남은 것은

'기가 지니'뿐이었다. 그럼 그거라도 세상에 꺼내 놓으라고 강 선생님은 소리치고 사라졌지만, 나는 내일이 소집해제일이다. 더 이상 그 어떤 야망도, 신념도 내게는 없다. 그저 하루하루 할 일에 묵묵히 최선을 다할 뿐이다. 그리고 다음 날에는

강아지 공립학교 학생들이 수학여행을 왔다. 나는 괜히 마음이 허해서, 강아지 친구들을 '기가 지니' 앞으로 데려왔다.

"강아지 학생 여러분. 옛날에는 공교육이란 게 존재했답니다."

"헥헥헥."

"강아지 학생들이 학교에 다니듯이, 인간들도 학교에 다니면서 공부를 했어요."

그 순간 신발이 촉촉해지는 게 느껴졌다. 강아지 학생 중 하나가 발 하나를 들고 내 신발에 마킹을 하고 있었다. 요즘 것들은 아주 그냥…이라는 생각도 잠시, 이건 권선징악이다. 나 고등학생 때도 꼭 가이드 선생님 놀리고 도망가는 애들 있지 않았는가. 그래서 참기로 마음먹었는데… 자세히 보니 내 신발에 글자가 남아 있었다.

우리 가방 속을 보시개. 가져온 개 있개.

오줌으로 한글 쓰기라니. 요즘 강아지 학교 수준이 상당하구먼, 생각했는데 옷을 자세히 보니 학생이 아니라 선생님들이었다.

"헉, 죄송합니다, 강아지 선생님. 몰라 뵀어요."

"헥헥헥."

나는 강 선생님들이 단체로 메고 온 물건을 살폈다. 그것은 '강아지 공립학교'였다. 처음에는 사태 파악을 하지 못했다. 그도 그럴 것이, 누가 '강아지 공교육'이 망할 거라 생각했겠는가. 하지만 내가 공익근무를 한 지도 벌써 2년. 충분히 세상이 바뀌고도 남았겠지. 하지만 대체

"왜죠?"

쉬이이ㅡ.

"강아지들이 자꾸만 학교에서 탈주한다고요? 그래서 애견인들 사이에서 '홈스쿨링 운동'이 불고 있다고요?"

쉬이이ㅡ.

"'강아지 교육학과'들도 취업률이 낮아서 구조조정이 진행 중이라고요?"

쉬이이ㅡ.

"그만 싸세요."

강 선생님들을 돌려보낸 뒤, 나는 '강아지 공립학교'를 들고 지하로 내려갔다. 말했다시피 박물관의 생태계는 부동산과 비슷하다. 하나가 들어오면 하나가 빠져야 한다. 그리고 빠

져야 할 물건은… 누가 봐도 내가 몰래 올려놓은 '기가 지니'
였다. 물론 '기가 지니'는 다른 전시물들에 비해 크기가 작아
서, 욱여넣으라면 욱여넣을 수도 있었을 테지만…

"기가 지니."

네, 기가 진호님.

"미안해…!"

나는 '기가 지니'의 몸에 전기충격기를 꽂았다. 일렉트로
닉한 비명이 박물관에 울려 퍼졌다. 내가 무슨 짓을 저지른
거지. 깨달았을 때는 이미 모든 것이 끝난 뒤였다. 박물관에
영업 종료를 알리는 음성 메시지가 울려 퍼졌다.

＊

나는 마지막으로 박물관을 한 바퀴 둘러봤다. 2년 동안
참 많이 바뀌었다. 내가 복무하는 동안… 공부와 관련된 전시
물들이 전부 사라졌으니까 말이다. 다음번 공익근무요원은 어
떤 선택을 할까. 아무튼 나는 탈의실로 들어갔다. 박물관 유
니폼을 벗고, 비로소 소집해제를 실감했다. 세상으로 나왔다.
주머니에 '기가 지니'를 넣은 채였다.

딱 10년이다. 나와 이 녀석에게 쌓인 시간 말이다. 하지만

만남이 있으면 끝이 있는 법이지. 나는 종지부를 찍기 위해 한 강으로 향했고, 이미 수명을 잃은 '기가 지니'의 시체를 물가에 내려놓았다. 가스 점화기로 불을 붙였다. 합선되는 냄새가 났다. 코를 막고 묵념을 했다. 그런데 그때 '기가 지니'의 목소리가 들렸다. 아아. 그 순간 눈물이 차오르고 말았다.

$V=IR$…

녀석은 불에 타면서까지 똑똑한 유언을 남기고 있던 것이다… 덕분에 나의 합리화는 더욱 쉬워졌다. 나는 이렇게 똑똑한 네가 세상 밖으로 나가 다시 '재미없는 것' 취급받길 원하지 않았어… 강 선생님은… 아니, 강 노인은

못 배운 놈들이 세상을 점령하고 있다고. 네가 그들을 계몽할 수 있다고 했지만… 사실 못 배운 사람, 잘 배운 사람 같은 게 어디 있어. 그냥 다 사람이지. 배움도 결국엔 살아남는 방법 중 하나지. 생존에 위아래가 있는 건 아니잖아. 살아남으면 장땡이지. 그리고 나도

살아남아 있어. 그사이 '기가 지니'를 둘러싼 불길은 더욱 거세졌다. 달리 갈 곳도 없기에, 나는 계속해서 불구경을 했다. 앞으로 내가 이 세계에서 살아남는 방법은 무엇일까. 아무

튼 공부는 아닐 것이다. 활활. 타올라라. 활활.

어린 시절, 공부는 제게 있어 유일한 희망이었습니다. 저는 크게 잘생기지도 않았고, 운동 신경이 좋은 것도 아니었습니다. 한부모 가정이었고, 기초생활수급자였습니다. 이 밑바닥에서 벗어날 수 있는 방법은 오로지

공부와 노력이라고 생각했습니다(기가 막힌 이야기). 그때 제 꿈은 검사였습니다. 제가 공부를 통해 움켜쥘 수 있는 직업 중에 검사가 제일 멋있어 보였거든요. 독해도 안 되는 사법고시 문제집을 뒤적여 볼 정도로 어린 저는 열정적이었습니다. 그런데 어머나 세상에. 사법고시가

폐지된다는 겁니다. 제가 중학교 1학년 때의 일입니다. 로

스쿨이라는 제도가, 4년 동안 등록금을 내야 하는 시스템이, 당시의 제게는 너무나도 큰 벽처럼 느껴졌습니다. 더구나 그쯤에서부터 '포트폴리오 입시'가 시행되었는데요, 오우, 일반화하면 안 되지만, 그건 정말 차별이 심했습니다. 선생님들은 학부모운영위원회 자녀들에게만 신경 써 줬습니다(팝콘 전쟁). 그때부터

방황을 했던 것 같아요. 결국 모든 방황의 본질은 같죠. 인생에 대한 '동기부여'를 잃는 거죠. 다 포기했습니다. 학교를 안 나가고 친구들과 돈을 벌었습니다(자격증의 시대). 일 안 할 때는 PC방 가서 게임만 했습니다. 게임이 재밌어서 한 게 아니에요. 게임을 하면 그나마 시간이 잘 가서 한 거였습니다(칙칙폭폭 무상급식).

그때 제가 열여섯 살이었는데요, 정말 힘들었습니다. 돈이 없어서 사랑하던 가족과 잠시 이별을 해야 했고(세상에 나쁜 뼈는 없다), 집 주변에 널려 있는 유흥업소들 때문에 너무 무서웠고(손만 잡고 쿨쿨), 알바를 하고 있으면 몇몇 어른들은 "공부해야지, 돈 벌고 있냐, 못 배운 놈아."라는 소리를 해 댔습니다(서울을 지켜라 샤샤샤).

만약 제가 글을 써야겠다고 마음을 먹지 않았다면, 고양

예고 문창과에 가지 않았다면, 아직도 그 시절에 멈춰 있었을지 모릅니다. 저는 쓴다는 행위를 통해 기존의 저로부터 '초월'할 수 있었습니다. 쉬운 일은 아니었습니다. 예고에서는 '쓰기'를 통해 '대학'이라는 결과물을 얻어내야 했고, 그 과정에서 저도 은연중에 친구들에게 준 상처가 많았습니다(자본주의 골든벨). 그래도 이 모든 시간 덕분에

저는 꿈을 이뤘습니다.《못 배운 세계》의 검사가 된 겁니다. 이 세계 속의 인물들을 기소해서 법정으로 데려갔습니다. 주이는 "현실에서는 노잼이 죄다"라고 말했지만, 이곳에서는 예스잼이 죄입니다.

대법관 테오는 가차 없는 판결을 내렸습니다. "자네는 예스잼이 맞다.《못 배운 세계》에 박제되는 벌을 받아랏." 혹은 "자네는 노잼이다. 당장 돌아가랏." 그렇게 열 편의 이야기가 이 감옥 안에 갇혔습니다. 자랑스럽습니다. 고양예고 다니던 놈이

안전가옥에서 책을 냈어?! 선인세로 이사를 했어?! 4층에서 6층으로 갔어?! 나는 더 위로 갈 테야. 힘든 사람에게 필요한 것은 위로가 아니야. 같은 환경에 있었지만 그걸 극복한 사람의 증명이지. 나는 이미 꿈을 이뤘다고 봐. 늘 작가가 되고

싶었고

　아무튼 그걸 하고 있어. 모두에게 보여 주겠어, 이야기만
으로 살아남는 방법을(멸공의 횃불)…

　(딩동—!)

　뭐지? 택배 안 시켰는데?

말달리자

문을 여니 밖에는 산타가 서 있다.

"메리 크리스마스."

류연웅 작가는 어리둥절해진다. 오늘은 2월 9일인데 뭔 크리스마스야. 하지만 입을 다문다. 산타가 선물을 들고 있었기 때문이다. 흐흐. 마감 끝낸 기념으로 안전가옥에서 이벤트를 해주신 건가. 산타는 손수 선물 포장 상자까지 뜯어 주신다. 안에는 뿅망치가 들어 있다. 산타가 그걸 들고 류연웅 작가의 머리를 내리친다.

"아악! 뭐, 뭐야!"

"내가 누군지 모르겠냐? 엉?"

산타가 모자를 벗고 수염을 뗀다. 감춰져 있던 얼굴이 드러난다. 킹남권이다.

"약속했잖아. 내가 산타 학원 간 이야기도 써 주기로. 엉? 근데 왜 슬슬 책 끝나는 분위기냐? 어?!"

"그… 그건…"

차마 "그 이야기 빠지게 됐어."라고 말할 수가 없다. 〈킹남권의 산타 학원〉 이야기 기획서를 보여 주던 순간 테오의 냉담한 표정을.

비단 빠지게 된 이야기는 〈킹남권의 산타 학원〉뿐만이 아니다. 〈시저 로스쿨〉이라는 단편도, 〈아, 갓한민국!〉이라는 단편도 존재했다. 모든 이야기를 포함했다면 이 책은 1,000쪽이 됐을 것이다. 하지만 그렇게 두꺼운 책을 누가 읽겠는가. 현실적으로. 아무튼 간에 이건 머릿속으로만 했던 핑계이고, 류연웅 작가는 킹남권에게 "마침 쓰려 그랬다"라고 둘러 댔다.

"그럼 지금 써."

그런데 그 순간 벨이 울렸다.

문을 여니 밖에는 김민주가 있다.

"잘 지냈어요? 작가님?"

"아, 네. 그럭저럭…"

"영화 한 편 추천해 드리려고 왔어요. 〈모범시민〉이라고 있는데, 재판 결과에 만족 못 하고 직접 사람을 죽이고 복수하러 다니는 서사예요."

"오, 재밌겠다. 재밌겠어. 하하. 재밌겠당."

"(주머니에서 칼빗을 꺼내며) 모르는 척하지 마시고요."

김민주의 하소연이 시작됐다. 왜 나는 골든벨까지 울렸는데 주인공이 되지 못하는가. 도리어 방송국으로부터 '50번 문제'를 유출받았다고 폭로하겠다는 협박까지 당하고. 콩진호 자식은 1절, 2절에 3절까지 갔는데.

결국에는 자기 얘기 써 달라는 거였다.

류연웅 작가는 두 친구를 진정시켰다.

"그러면 〈작가의 말〉 다 쓰고 얘기하자. 나 오늘 원고 넘겨야 한단 말이야."

"네가 누구한테 감사하든 말든 나랑 뭔 상관이야."

"와, 진짜 못 배운 놈일세."

하지만 2 대 1 전투였다. 결국 류연웅 작가는 포박된 채로 책상 앞에 던져졌다. 그런데 그때 또 벨소리가 울렸다.

잠시 후.

어느새 경기도 안성시 신라아파트 가동 1005호는 사람들로 가득해진다. 킹남권, 김민주, 백미당, 샤샤샤 멤버들, 코코 등등의 인간들이 저마다 자신의 기구한 사연을 자랑하며《못

배운 세계》에 수록해 달라고 조른다. 결국 류연웅 작가는 솔
직히 말한다.

"현실적으로… 안 돼…"

"소설에서까지 현실적이란 말을 들어야겠어? 이 불한당
아."

"권력 남용 류연웅 규탄한다."

"우어어!"

어느새 몰매 맞기 직전이다. 결국 뿅망치가 무서워서 류연
웅 작가는 책임질 수 없는 말을 내뱉는다.

"아, 알았어! 너희 이야기 다 쓸게!"

안일한 행동이었다. 대충 "《못 배운 세계2》에 수록할게."
쯤이면 해결될 줄 알았다. 하지만 《못 배운 세계》 친구들은 지
금 당장 쓰라면서, 류연웅 작가를 책상 앞으로 끌고 갔다. 그
리고 등 뒤에서 똑똑히 지켜봤다.

하는 수 없이 류연웅 작가는 이야기를 쓰기 시작했다. 남
은 스무 쪽을 채워 넣을 이야기를 말이다. 물론 그 스무 쪽 안
에는 자신이 쓴 〈작가의 말〉과 테오가 쓴 〈프로듀서의 말〉이
포함되어야 한다. 그렇다면 대략 남은 페이지는 다섯 쪽 정도
일 텐데…

어떻게 이 많은 인간들이 만족할 만한 이야기를 만든단
말인가.

아무튼 쓰긴 쓰는데, 이게 글인지 귤인지 모르겠다. 심상
치 않은 기운을 느낀《못 배운 세계》의 조연들이 류연웅 작가
의 노트북 화면을 들여다본다. 그리고 소리친다. 이… 이 새끼
안 쓴다! 물러나지 않아! 우리가 언제까지 너의 말로 고분고
분할 줄 알았냐는 이들에게

류연웅 작가는 항변한다. 억울한 피고인처럼 울분을 토
해 낸다. 사실 내가 너희들 이야기를 안 쓴 게 아니다. 썼지만
노잼이었기 때문에 수록되지 못한 거다. 너네가 〈작가의 말〉
이라면, 나는 〈프로듀서의 말〉이다. 나도 너네 이야기 좋아하
지만 어쩔 수 없다고 마음에도 없는 소리를 한다. 하지만 〈작
가의 말〉들은 호락호락하게 넘어가지 않는다.

"그러면 지금 안전가옥으로 가자."

"네?"

"우리가 피디들을 설득해 주지."

무기를 하나씩 든다. 킹남권은 뽕망치. 김민주는 칼빗. 김
무성은 비브라늄 캐리어(언제 오셨어요?). 준비 완료.

"자, 류연웅 작가. 빨리 안전가옥으로 안내해."

"아, 그게…"

"아주 그냥 다 부술 거야!"

그렇게 류연웅 작가는 자신이 창조한 말들과 함께 집 밖
으로 나온다. 몹시 곤란한 상황이다. 말들은 정말로 항의할

태세다. 항의가 통하지 않으면 무기로 안전가옥 스토리 피디들을 괴롭힐 태세다. 하지만 류연웅 작가는 은혜를 아는 사람이다.

마감 어긴 것도 몇 번이나 참아 주셨는데…
포스틱도 사 주셨는데…

은혜를 원수로 갚을 수 없지.
아무렴 그럴 수 없어.

그래서 말들을 안전가옥에 데려가지 않을 방법을 궁리했다. 하지만 몇 번을 생각해도 마땅한 방도가 없었다. 테오는 지금쯤 열심히 〈프로듀서의 말〉을 쓰고 계실 텐데. 그걸 방해하고 싶지 않은데… 〈작가의 말〉들은 다 같이 구령을 외치며 행진한다. 말달린다. 타도 안전가옥! 매도 안전가옥! 우어어! 이젠 방법이 없군…

안전가옥으로 가는 수밖에.

공고로운 교육(Finale)

"도착했습니다."

못 배운 세계 친구들은 말이 없었습니다. 잠시 후 킹남권이 입을 열었습니다.

"내가 알기로 안전가옥 건물은 성동구에 있는 걸로 아는데… 여긴 종로 아니냐?"

"네? 성동구요?"

저는 친절하게 대답했습니다.

"아아. 청와대 안전가옥 말한 거 아니셨어요?"

김민주가 황당한 표정을 지었습니다.

"이 무뢰배 알면서 이런 거임."

여러분은 청와대 안전가옥을 아시나요. 청와대 내부에 설

치된 비밀 공간이죠. 그 안에서 무슨 일이 벌어지는지는… 대통령 말고 아무도 모릅니다. 그래서 다들 대통령이 되라고 가르치는 걸까요? 하지만

대통령은 한 명만 될 수 있는걸요. 그러니 사람들은 우울해지고 화가 납니다. 모든 게 청와대 안전가옥에서 결정되는데 우리는 거기 들어가지 못 하니까요. 저의 이런 얼렁뚱땅 설득에 못 배운 세계 친구들은 조금씩 넘어갔습니다. 그래… 애초에 한국 문학 시장이 넓었다면 우리가 이렇게 책에 수록되지 않을까 봐 고민할 일도 없었겠지. 어느새 〈작가의 말〉들은 이 세계의 근본에 대한 회의감으로 분노에 휩싸였습니다. 그래. 우리가 우울한 이유는 뚝섬 안전가옥이 아닌

청와대 안전가옥 때문이야. 취업난도, 실업률도, 빈부격차도! 우아아! 그러니까 청와대로 들어가자, 라고 열의를 불태우는데

"류연웅 작가님 아니세요?"

누군가 제게 말을 걸었습니다.

"…보러 와 주신 거예요? 이… 다른 분들 모두요?"

하영리 양이었습니다. 그가 왜 하필 지금 이 자리에 있을까요. 저의 엄청난 설계였을까요?

*

이 모든 우연은 오래전, 이주이가 한국을 떠나면서부터 시작됐죠. 그가 비행기를 타고 도망쳤다는 소식을 접한 하영리 양은 큰 충격을 받았습니다. 그것은 '실연'이 아닌… '깨달음'에서 오는 충격이었죠. 방송을 이런 식으로 펑크 내고 잠수를 타도 상관없다니.

분명 그 영향이 있었겠죠. 이듬해 하영리 양이 하윤주 씨의 명령을 어기고 가출을 했던 데에 있어서요. 금방 고개 숙이고 돌아올 줄 알았던 하윤주 씨의 예상과 달리, 집을 나온 하영리는 화곡시티 보육원으로 향했습니다. 그리고 센터장 또봉이에게 애원했죠. 먹여 주고 재워 주기만 하면 무엇이든 할게요. 부디 제가 0에서부터 시작할 수 있게 도와주세요. 또봉이는 곤란했습니다. 뭐, 빈 침대가 많지만, 여기서 지내는 거

재미가 없을 텐데.

하지만 하영리 양은 매 순간이 새로웠습니다. 아이들과 함께 젓가락질을 배우고, 한글을 공부하는 삶을 살면서 잊고 있던 꿈 또한 기억해 냈습니다. 모찌법을

만들고 싶다. 만들어야겠다. 어느덧 제법 '성장'이란 것을

한 하영리 양은 사람들을 모으려 했습니다. 그동안 하영리 양은 스스로 만든 노래를 사운드 클라우드에 올리고, '동물권 관련 유튜브'를 하는 등 여러 활동도 해 왔죠. 하지만 언제나 그랬듯 마음대로 되지 않았습니다. 강아지들을 죽여 달라던 청원이 금세 10만을 달성했던 것과 달리 강아지들을 살려 달라는 청원은 1만도 달성하지 못했습니다. 2만 명은 넘어야지 제대로 된 청와대 청원으로 올라갈 수 있다는데

추천수도 마음대로 안 되고, 홍보하려면 무얼 해야 할지도 모르겠고. 혼자 고군분투했지만 마음만 무겁고 몸도 안 따라 줬죠. 그 와중에 별것도 아닌 방송이(하영리 양의 생각입니다) 몇십만 조회수를 기록하는 걸 보면 허탈감은 더욱 커졌습니다. 그러나 부러워하지 않겠다. 하영리는 스스로와 약속했어요. 결국 사람을 도울 수 있는 건 사람이다. 그렇기에 유일하게 자신이 살아오며 쌓은 자산, 믿을 만한 사람들에게, 함께

전단지를 돌려 달라고 메일을 보냈습니다. 시위와 함께 공연도 할 거라는 말을 덧붙였습니다. 물론 저도 그 메일을 받았고요. 하지만 금세 잊었죠. 살기 바쁘니까, 마감쳐야 하니까, 작가의 말 써야 하니까 하는 핑계로 잊고 있었는데

아이고야. 여기서 마주치다니.

"맞죠? 작가님. 도와주러 오신 거죠?"

"어… 어… 그게 킹남권 씨는 어떻게 생각하세요?

"아, 아, 나, 나 말이야? 나는 모르겠고… 민주는 생각이…"

"민주 언니? 이게 얼마 만이에요!"

"어, 어, 그래 영리야…"

다들 당황하면서 하영리가 건네는 전단지를 받았습니다. 하영리가 너무나도 순수하게 기뻐했거든요. 차마 "시끄럽고, 우리 지금 뚝섬 안전가옥 가야 돼."라고 말할 수가 없었습니다. 전단지 위에는 새하얀 강아지의 얼굴이 그려져 있었고, 그 그림에 담긴 사연을

아는 사람도, 모르는 사람도, 처음에는 다들 눈치를 봤지만, 익숙해지니, 다들 누구보다 열심히 그 전단지를 돌려주려고 난리였습니다. 경쟁에 불이 붙었습니다. 결국 사람을 도울 수 있는 건 사람이다. 책임감을 자각하는 순간부터 그들이 갖고 있던

불분명한 대상에 대한 분노는 구체적인 대상과 함께 하는 연대로 바뀌었습니다. 자신도 모르는 새 말입니다. 덕분에 저는 그 무리를 조용히 빠져나올 수 있었고, 홀로 뚝섬역 근

처에 위치한 안전가옥 사무실로 향했습니다. 완성된 〈작가의
말〉을 들고 말이에요. 가는 길에 승강장에서 익숙한 얼굴도
만났습니다.

"도주이 씨 맞죠?"

"작가님. 짓궂으시네요."

농담 받아 주는 주이를 보고 나서야 이야기를 끝내도 되
겠다는 느낌을 받았습니다. 그대로 저는 지하철에 몸을 실었
죠. 수많은 사람들이 오늘도 지하철을 타고 어딘가로 가고 있
더군요. 그리고 이내 저는 도착을 했습니다(벌써?). 7호선 타 보
신 분들은 알 거예요. 청담역에서 뚝섬유원지역 넘어갈 때

어두운 지하철 통로에서 빠져나와 햇살에 비친 한강 풍경
이 나타나잖아요. 그러면 휴대전화를 보고 있던 사람들도 이
내 고개를 들어 다 함께 창밖을 바라보는데, 저는 이런 순간
마다 살아 있어서 소소하게 기쁘다는 생각을 합니다. 그리고
저는 내립니다. 그리고 걷습니다. 뚝섬역 안전가옥을 향해서
요. 이상. 류연웅 교수의《못 배운 세계》강의를 마칩니다.

감사합니다.

류연웅 작가님의 《못 배운 세계》는 총 여덟 편의 단편과 인트로와 아웃트로 그리고 〈작가의 말〉 속에 숨겨진 작품까지 총 네 편의 엽편(주로 콩트라고 불리는 매우 짧은 소설)으로 이루어진 연작소설집입니다. 여러 이야기들 중에서 혹시 어느 편에서 피식 웃으셨는지, 어느 편에서는 조금은 마음이 아리고, 또 어느 편에서는 취향이 맞지 않지 않아 그냥 넘어가셨는지, 혹은 공감을 하셨는지 정말 궁금합니다.

류연웅 작가님과의 인연은 2018년 가을 안전가옥의 첫 번째 공모전 중 당시 공모일 기준으로 만 23세까지로만 참가 제한을 둔 '남들은 한창 좋을 때라는데 정작 나는 뭐가 좋은지 하나도 모르겠어서 일단 끄적인 이야기를 내면 되는 공모전'이라는 긴 이름의 공모전에 작가님께서 수상을 하며 시작되었습니다.

그는 그때나 지금이나 문예창작학과의 재학생이었는데, 문예창작학과 학생이라면 필수적인 코스로 여겨지는 등단이란 제도를 벗어나 대안을 꿈꾸고 있었고, 그 대안에 대해 허세나 막연한 희망이 아닌 실체적인 결과로 보여 주고자 언제나 노력했습니다. 물론 그런 노력과는 별도로 그는 지금이나 그때나 멋있는 청년이었지요. 그러한 그가 어느 날, 노력의 결과물로 '공교육이 무너진 뒤의 청소년과 청년들 모습'을 다루고자 한다며 제게 가져왔던 이야기 하나가 수록작인 〈서울을 지켜라 샤샤샤〉였습니다.

그때부터였습니다. 하나의 세계를 만들고자 작가님과 작년 뜨거운 여름에 함께 회의하고, 기획을 더욱 갈고닦으며, 가을이 되어 안전가옥의 억새밭이 노랗게 물들고, 때로는 저로 인해 수록되지 못한 작품과 인물들이 쌓여 가기도 했지만, (류연웅 작가의 〈작가의 말〉 중 "대법관 테오는 가차 없는 판결을 내렸습니다."를 참고해 주세요) 매서웠던 겨울과 그다음 해인 올해까지 꽤 오랜 시간을 함께 보내게 되었습니다. 그 길었던 시간이 이렇게 멋진 책으로 바뀌었다는 것에 감회가 새롭다는, 진부하지만 진심이 담긴 표현을 할 수밖에 없습니다.

사실 제가 류연웅 작가님과 밀접하게 작업하면서 개인적으로 내내 붙잡고 있던 시 구절이 있었습니다. 1996년 노벨문학상을 받은 폴란드의 시인, 비스와바 쉼보르스카의 시선집 《끝과 시작》에 실려 있는 시입니다.

한때 우리는 닥치는 대로 세상을 살아갈 수 있었다. 그때 세상은

서로 꼭 맞잡은 두 손에 들어갈 수 있으리만치 작았다.

웃으면서 묘사할 수 있을 만큼 간단했다.

기도문에 나오는 해묵은 진실의 메아리처럼 평범했다.

〈출판되지 않은 시들 가운데서〉(1945) 중에서

시에서 말하듯 류연웅 작가님의 기획과 이야기에 기대어 작지만 웃을 수 있고, 평범하지만 진실이 담긴 세계를 그리고자 했습니다.

더불어 함께 참고한 것도 있습니다. 그것은 대한민국 헌법 중에서 '교육기본법'입니다. 교육기본법 제2조(교육이념)에는 다음과 같은 말이 적혀 있습니다.

교육은 홍익인간(弘益人間)의 이념 아래 모든 국민으로 하여금 인격을 도야(陶冶)하고 자주적 생활능력과 민주시민으로서 필요한 자질을 갖추게 함으로써 인간다운 삶을 영위하게

하고 민주국가의 발전과 인류공영(人類共榮)의 이상을 실현하는 데에 이바지하게 함을 목적으로 한다.

무슨 말인지 알 듯 말 듯 저 엄청난 단어의 홍수 속을 우리는 알게 모르게 거쳐 왔고, 거치고 있는 중이거나, 또 누군가는 거쳐야 할지도 모르겠습니다.

다만 정말 저 이념대로 교육이 작동하고 있을까요? 류연웅 작가님은 저와 함께 보내는 긴 시간 본인에게 묻고 또 물으며 나아갔습니다. 특히 공공을 위한 교육, 공교육이 공고하게 작동하고 있다고 믿는 사람들에게 요즘에도 공교육이 제대로 공처럼 굴러가고 있다고 말할 수 있을지 더욱 묻고자 했습니다. 현재의 교육 방식을 통해 자주적이고, 인간다운 삶을 영위하는 민주적인 시민이 되었다고 말할 수 있을지 되물으며 즐거움에 대해서도 놓치지 않고 전하려고 했습니다.

사실 무슨 더 긴 말이 필요할까요. 읽어 주셔서 감사합니다. 오직 그 마음 하나뿐입니다. 마지막으로 앞으로 더 나아갈 류연웅 작가님의 발걸음에 많은 관심과 응원 부탁드리겠습니다.

감사합니다.

(명동)

누구신가요?

배달 왔습니다.

뭐지? 누가 짜장면이라도 시켰나?

잘 배운 세계

문을 여니 산타 복장을 한 킹남권이 서 있다.

"이번엔 제대로 찾아왔네, 여기 안전가옥 맞죠?"

이게 어떻게 된 일이지, 그는 분명 류연웅 작가가 청와대 안전가옥으로 보냈을 텐데 왜 이곳에 있는 거지.

"맞네, 표정 보니까 확실해. 자, 다들 올라와요."

문 뒤편에는 킹남권뿐만 아니라 김민주와 백미당, 샤샤샤 라이더들, 전단지를 든 하영리까지 있었다.

"여긴 어떻게 오셨습니까?"

"대법관 테오 맞으시죠?"

순간 아니라고 할까 고민하다가 작게 고개를 끄덕였다. 분명히 그들은 류연웅 작가를 따라서 종로 방면으로 간 뒤에 여전히 길을 헤매고 있어야 하는데, 대체 무슨 일이 벌어지는 것일까라는 궁금함이 더 컸기 때문이다.

"연웅 작가를 구해 주세요."

그 말은 가장 앞에 서 있던 킹남권이 아니라 가장 뒤편에 있던 이주이에게서 나왔다. 그녀가 말을 하자 킹남권과 김민주 등 모두의 얼굴이 어두워졌다.

"그게 무슨 말인가요?"

"그가… 사라졌어요."

그 뒤로 이주이와 킹남권, 김민주가 연웅 작가가 위험에 처해 있다는 말들을 쏟아 냈다. 그들의 말인즉슨 〈작가의 말〉들을 모두 따돌리고 혼자 7호선을 타고 뚝섬 방면으로 가던 연웅 작가가 7호선 청담역에서 뚝섬유원지역 넘어갈 때

어두운 지하철 통로에서 빠져나와 건대입구역에서 환승하지 못하고 다른 플랫폼으로 잘못 걸어 들어갔다는 내용이었다. 그들은 연웅 작가가 지하철에 몸을 실었을 때부터 몰래 뒤를 밟고 있었는데 샤신이 나타나 환승통로중의 한 곳을 이세계로 연결했고, 그곳으로 연웅 작가를 유인했다며 슬픈 표정을 지어 보였다.

"진짜 그 세계로 갔다면 연웅 작가는 쉽게 돌아오지 못할 거예요…"

불길한 느낌이 들었다. 간혹 연웅 작가가 농담처럼 말했던 것이 떠올랐기 때문이다.

"설마… 그 이세계가 제가 생각하는 곳이 맞을까요?"

"네, 맞을 거예요. 아니 확실합니다. 잘 배운 것들이 많은 곳, 잘 배운 세계입니다."

가끔씩 연웅 작가는《못 배운 세계》를 계속 쓰다 보니, 반대급부로 뭔가 잘 배운 것들에 대해서도 쓰고 싶다고, 그런데 그러다 보니 "그 세계 인물들은 뭔가 확실한 재미가 없는 것 같아서요." 그래서 제대로 안 쓰고, 대충 잘 배운 세계라고 이름만 짓고 버려 둔 상태라고 말했었다.

그 세계가 정확히 어떤 상태인지는 모르겠지만 분명 샤신이 좋은 마음으로 그곳에 연웅 작가를 보낸 건 아닐 것이다.

"저희와 함께 가요, 누구보다 큰 도움이 될 거라고 생각합니다."

이주이가 희망에 찬 눈빛을 담아 말을 건넸고, 킹남권이 손을 내밀었다. 어떻게 해야 할까. 이들의 손을 잡고, 잘 배운 세계로 가야 할까. 고민하고 또 고민하다 마침내 결정했다.

잘 배운 세계로 가는 수밖에.

못 배운 세계

1판 1쇄 발행   2020년 8월 10일

지은이   류연웅

기획   안전가옥
프로듀서   박혜신, 윤성훈, 이은진, 이지향, 정지원
편집   김미래
표지 그림   전희수
디자인   이경민
마케팅   최다솜
사업개발   이기훈
경영지원   홍연화

펴낸이   김홍익
펴낸곳   안전가옥
출판등록   제2018-000005호
주소   04779 서울특별시 성동구 뚝섬로1나길 5,
        헤이그라운드 성수 시작점 203호
대표전화   (02) 461- 0601
전자우편   marketing@safehouse.kr
홈페이지   safehouse.kr

ISBN   979-11-90174-86-2 (03810)
값   13,000원